Kanarische Küche

D1865815

In der kanarischen Küche haben die zahlreichen Kulturen, die im Lauf der Zeit auf den Inseln zusammengetroffen sind, ihre Spuren hinterlassen. Die Menschen haben dieses Erbe jeweils ihren Bedürfnissen angepaßt und an nachfolgende Generationen weitergegeben. Tradition und Moderne verbinden sich zu einer Gastronomie mit einer Vielzahl von Gerichten und Spezialitäten, die nach Meer und Bergen schmecken.

EVEREST

INHALT

Ein Blick in die Geschichte

Vorspeisen, Gofios und Saucen

Fleischbrühen, Suppen und Eintöpfe

Fisch und Meeresfrüchte

Fleisch und Beilagen

Nachspeisen

Ein Blick in die Geschichte

Der besondere Charakter der Kanarischen Inseln beruht auf ihrer einzigartigen geographischen Lage im Atlantischen Ozean. Die vor der Küste Marokkos gelegene Inselgruppe besteht aus sieben großen Inseln, nämlich Lanzarote, Fuerteventura, Gran Canaria, Teneriffa, La Gomera, Hierro und La Palma, sowie den sieben kleineren Inseln Graciosa, Montaña Clara, Alegranza, Roque del Oeste, Roque del Este und Lobos. Alle zusammen bilden die Autonome Region der Kanarischen Inseln. Lange Zeit hielten die Seefahrer die Kanaren für das westlichste Stück Festland der Erde. Die Entdeckung der Neuen Welt machte sie dann zur letzten Station für die Versorgung mit Vorräten vor der großen Ozeanüberquerung. Das Meer hat daher für die Ureinwohner der Inseln, die Guanches, immer die Gefahr von Überfällen bedeutet, aber glücklicherweise auch den Kontakt mit der Außenwelt und anderen Kulturen, die ihnen viele Vorteile und umfangreiches Wissen eingebracht haben. Diese Öffnung hat auch die Aufnahme zahlreicher fremder Tier- und Pflanzenarten mit sich gebracht, die sich im Lauf der Zeit so gut eingewöhnt haben, daß sie heute als einheimisch gelten. Die Entstehung der Kanarischen Inseln ist das Ergebnis der Vulkantätigkeit im Randbereich des Atlantischen Rückens. Der griechischen Mythologie zufolge befand sich hier die legendäre Insel Atlantis, die gegenüber den Säulen des Herkules lag und plötzlich im Meer verschwand, wie Platon in seinen "*Kritiken*" schreibt. Wenn auch alles darauf hindeutet, daß es sich hier um eine mythologische Allegorie handelt, so steht doch auch fest, daß Plutarch die ersten glaubwürdigen Hinweise auf die Existenz der Kanarischen Inseln im Jahr 82 v. Chr. von Fischern aus Cádiz erhielt. Aus dem 6. Jh. v. Chr. stammt die Legende von dem irischen Mönch Brandan, der sich auf dem Rücken eines Wals auf die Suche nach dem Paradies auf Erden machte. Die Kanarier hielten den Wal allerdings für die Insel *Borondón*. In der

Die ausgedehnten Bananenplantagen prägen die Landschaft auf den Kanarischen Inseln.

Überlieferung gilt diese Insel als die achte Kanareninsel, die sich regelmäßig aus dem Ozean erhebt und ihre Silhouette auf den Horizont projiziert. Sobald sich ihr jedoch Seeleute mit ihren Booten nähern, um ihre Geheimnisse zu erforschen, verschwindet sie wieder in den Wellen. Die Römer bezeichneten die Kanaren wegen ihres milden Klimas und ihrer natürlichen Reichtümer als die "Glücklichen Inseln". Nach dem Untergang des Römischen Reiches kamen die Araber, die ihnen den Namen "*Kaledat*" gaben. Die Europäer erfuhren von ihrer Existenz, als der Genuese Lancerotto sie entdeckte. Nach ihm wurde die Insel Lanzarote benannt. Die endgültige Eroberung fand zwar erst im 15. Jh. statt, aber schon im 14. Jh. unternahmen Entdecker aus Mallorca, Andalusien, der Biskaya und Portugal die ersten Expeditionen. Die Normannen Jean de Bethencourt und Gadifer de la Salle landeten 1402, zu Beginn der Eroberung, auf den Kanaren und entdeckten Lanzarote. Da sie aber Unterstützung brauchten, unterwarfen sie sich als Vasallen König Heinrich III. von Kastilien. So eroberte Bethencourt die Inseln Lanzarote, Fuerteventura, Hierro und La Gomera. 1405 kehrte Bethencourt nach Hause zurück und die kleineren Inseln fielen an den Grafen von Niebla und an das Geschlecht der Pedraza. Diego de Herrera, der mit Inés von Pedraza verheiratet war, überließ 1477 den Katholischen Königen das Recht auf die Eroberung der größeren Inseln. Nach der Eroberung von Gran Canaria (1478) unterwarf Alonso Fernández de Lugo Palma (1492) und Teneriffa (1496), womit die Eroberung der Kanarischen Inseln abgeschlossen war. Kolumbus legte 1492 auf einer seiner Reisen nach Amerika auf Gran Canaria an. Damit wird schon die Bedeutung der Inseln als Durchgangsstation auf dem Seeweg über den Atlantik deutlich.

Zur Zeit der Eroberung war die Bevölkerung der Inseln sehr gemischt, wenn auch überwiegend Guanches dort lebten. Diese Cromagnon-Rasse fand sich in ihrer reinsten Ausprägung auf Teneriffa. Die Guanches gehörten zu einer Volksgruppe, die gegen Ende der Jungsteinzeit von verschiedenen Orten her in mehreren Einwanderungswellen auf die Inseln kam. In der ersten Phase während der Hochsteinzeit kamen nordafrikanische Cromagnons, die sich mit den Vorgängern der Berber aus dem Mittelmeerraum vermischt hatten (ihre Nachfahren leben auf Teneriffa). Die zweite Phase führte Ackerbau treibende Höhlenmenschen auf die Inseln,

Die Schäfertradition reicht hier bis in die Zeit vor den Guanches zurück.

deren Kultur Ähnlichkeit mit der der jungsteinzeitlichen Menschen in Nordafrika hat. In der dritten Phase kamen Einwanderer, die einer für den Atlantik- und Mittelmeerraum typischen Ausprägung der Rasse angehörten. Sie besiedelten Gran Canaria, wo noch die letzten Überreste ihrer Steinhäuser und Megalithengräber bei Gáldar zu finden sind. Weitere Gruppen kamen aus dem östlichen Mittelmeerraum auf dem Seeweg. Von der Kultur der Vorläufer der Guanches wurden behauene Stein- (*tabona*), Basalt- oder Obsidianwerkzeuge und andere Gegenstände wie Lanzen, Zepter und Hirtenstäbe übernommen. Die häufigsten Anbaufrüchte waren Gerste und eine Weizensorte (*yrichen*), und es wurden Schafe, Ziegen und Schweine gehalten. Hunde wurden bereits als Schäferhunde eingesetzt. Die landwirtschaftlichen Nutzflächen, die Weiden und die Möglichkeiten der Wasserversorgung begünstigten eine Ansiedlung in kleinen Hüttendörfern oder natürlichen und künstlichen Höhlen.

Von den Ägyptern wurde die Tradition der Mumifizierung (*mirlar*) übernommen. Die soziale Struktur reichte vom König (*mencey*) über die Edelleute (*achimenceys*) und Ritter (*chichiciquitzos*) bis zum niederen Volk (*achinaxacas*). Die Grundlage der sozialen Ordnung bildete die monogame, patriarchalische Familie. Was das Geistesleben angeht, so sind lediglich der Totenkult und die Existenz von Priestern und Priesterinnen bekannt. Das oberste göttliche Wesen war *Achaman*, und die Guanches beteten zur Sonne und den Sternen. Allerdings gab es auch matriarchalische Elemente in ihrer Kultur, so z.B. die Vielmännerei auf Lanzarote, die Existenz von Wahrsagerinnen und Kriegerinnen auf La Palma oder die weibliche Erbfolge. Die östlichen Inseln Lanzarote, Fuerteventura und Gran Canaria waren politisch in Königreiche gegliedert, während auf den übrigen Inseln eine Stammesordnung herrschte. Diese Umstände machten eine schnelle und effektive Hispanisierung der Häuptlinge der Ureinwohner und ihre Bekehrung zum christlichen Glauben möglich.

Nach der Eroberung wurden die Inseln in neue Verwaltungsbezirke aufgeteilt. Zum einen gab es die sog. *Realengo*-Bezirke, die der Krone angehörten, von der sie erobert worden waren, und zum anderen die *señoríos* (Lehen), die dem Besitz des Adelsgeschlechts des Eroberers zugeschlagen wurden. Darüber hinaus wurden Räte (*cabildos*) nach dem Vorbild der kastilischen Ratsversammlungen (*concejos*) gebildet. Der schnelle

Guanche-Mumien im Museum von Santa Cruz.

Aufschwung ist dem Überseehandel und dem Zuckerrohranbau zu verdanken. Dennoch litten die Inseln unter Plünderungen nach Piratenüberfällen und gelegentlichen Ausbrüchen des Timanfaya. So wurde beispielsweise 1730 das beste Ackerland Lanzarotes unter der Vulkanasche begraben. Auch die regelmäßigen Dürreperioden stellten die Inseln vor Probleme. Der letztlich nicht von Erfolg gekrönte Versuch, eine Universität in La Laguna und eine Wirtschaftsorganisation in Las Palmas zu gründen (1777), ging aus einer blühenden und aufstrebenden Kultur hervor. Nach der traurigen Episode des Spanischen Bürgerkriegs (1936-1939) sind es im wesentlichen vier Wirtschaftszweige, die die Grundlage der kanarischen Wirtschaft bilden, nämlich Landwirtschaft, Fischfang, Handel und Tourismus. Die alle Inseln umfassende Freihandelszone begünstigt die ökonomische Entwicklung. Die spanische Verfassung und der seit 1982 gültige Autonomiestatut der Kanarischen Inseln erkennen das System der Räte (*cabildos*) an, garantieren den Inseln ihre Finanzhoheit und teilen sie administrativ in zwei Regionen auf, deren Hauptstädte Santa Cruz de Tenerife und Las Palmas de Gran Canaria sind.

Auf den Kanarischen Inseln gibt es eine große Vielfalt an Produkten.

Die kanarische Küche: Zutaten und Spezialitäten

Die kanarische Volkskultur hat eine reichhaltige Gastronomie mit zahlreichen Köstlichkeiten zu bieten. Die Küche ist einzigartig und gleichzeitig außerordentlich vielfältig, denn die einzelnen Speisen haben ganz unterschiedliche Ursprünge: Portugal, der Maghreb, Holland und selbstverständlich Spanien, wobei noch zwischen den verschiedenen regionalen Beiträgen zu unterscheiden ist, die unter anderem aus Galicien, der Extremadura und Andalusien kommen. Ganz zu schweigen von den "Rückkehrern", die nach einigen Jahren in Amerika wieder in ihre Heimat zurückkehrten. Die Zutaten und Früchte, die die Besonderheit dieser Küche begründen, sind ein Produkt des besonderen kanarischen Klimas und der Landschaft der Inseln. Die kanarische Regionalküche ist aus der prähistorischen Küche hervorgegangen, die nach der Eroberung allmählich verändert und bereichert wurde. Dennoch gibt es nach wie vor eine Vielfalt an Geschmacksrichtungen, und auf den verschiedenen Inseln existieren verschiedene Namen für ein und dasselbe Produkt

Gofio in seinen vielfältigen Varianten ist ein sehr charakteristisches Lebensmittel der Kanarier.

oder Gericht. Manchmal variieren die Bezeichnungen sogar zwischen der Küste und dem Hinterland auf ein und derselben Insel. In diesem Jahrhundert sind erhebliche Unterschiede zwischen den drei verschiedenen Küchentypen festzustellen: in der ländlichen Küche werden weder Brot noch Milch konsumiert, weil das Brot den Reichen vorbehalten war und die Milch zu Käse verarbeitet wurde, den man später verkaufte. Stattdessen ißt man *Gofio* in verschiedenartigen Suppen mit Stockfisch oder Gartenfrüchten. Die gutbürgerliche Küche zeichnet sich durch die Verwendung von Fleisch, Fisch, Eiern etc. aus, und die Klosterküche enthält neben den genannten Bestandteilen hervorragende Süßspeisen, Desserts und Konserven. Die Ureinwohner der Küste tauschten Lebensmittel mit den Bewohnern des Hinterlandes aus, um eine ausgewogene Ernährung sicherzustellen. Diese Ureinwohner ernährten sich nachweislich von Gerste und Weizen und dem daraus und aus anderen Getreidesorten sowie Kichererbsen und Erdnüssen gewonnenen Mehl. Aus geröstetem und auf bestimmte Art gemahlenem Getreide gewinnt man den bekannten Gofio. Der Gofio ist ein sehr verbreitetes Produkt auf allen Kanarischen Inseln. Allerdings bevorzugen die Bewohner der kleineren Inseln eine Mischung verschiedener Getreidekörner, darunter auch Mais (*millo*). An einigen Orten auf La Palma verwendet man Gofio aus süßlupinen. Dazu werden die Lupinen in etwas Salzwasser gekocht oder einige Tage in Quellwasser eingeweicht. Danach läßt man sie trocknen und ißt sie dann als kleinen Appetithappen gemahlen mit etwas Salz. Aber sobald der feine Gofio aus Maismehl bekannt wurde, ging der Verbrauch der anderen Gofioarten drastisch zurück.
Man kann den Gofio auf sehr unterschiedliche Arten genießen: mit Zucker, zum Löffeln in einer Tüte oder in Form von sog. *ralas* vermischt mit kalten Flüssigkeiten oder als *Escaldado*. Dazu vermischt man den Gofio mit Milch oder Brühe und läßt ihn bei geringer Hitze köcheln. Auch mit Rotwein, Moscatel, Zucker und Eigelb vermischt oder mit Bananen, Speckgrieben mit Honig, Sauce oder Melasse, Kartoffeln, Feigen etc. Die Schäfer bevorzugen ihn mit der Vormilch von Schafen, Ziegen oder Kühen, die hier *beletén* heißt.
Der Mais (span. *maíz* - das Wort geht auf das indische Wort *mahí* zurück) heißt auf den Kanarischen Inseln in Folge einer Pastoralsynode im Jahr 1626

millo. Diese Bezeichnung ist von dem lateinischen Wort *millium* abgeleitet, was Hirse bedeutet (span. *mijo*). So verbreitete sich der Mais schnell und wurde zu einem Grundnahrungsmittel auf den Inseln. Das liegt sicher daran, daß Mais vielfältige Verwendungsmöglichkeiten bietet. Maiskörner oder Maiskolben sind Bestandteile zahlreicher Rezepte. Maiskolben kann man am Lagerfeuer grillen und anschließend in Salzwasser einlegen. An manchen Orten legt man sie stattdessen in gezuckerten Rotwein oder in Moscatel. Man kann sie auch in Salzwasser kochen und dann mit etwas Butter bestreichen. Der Mais wurde aus Südamerika nach Spanien eingeführt. Zunächst wurde er in Sevilla angebaut, später auch in Galicien, wo er sich gut akklimatisierte und die Hirse ersetzte. Vom spanischen Festland gelangte der Mais vermutlich im Rahmen des üblichen Handels auf die Kanarischen Inseln. Geriebene Maiskörner werden zum Backen verwendet, aber auch zur Zubereitung von Suppen oder zu Salaten. Und das heutzutage industriell hergestellte Popcorn, das auf den Kanaren früher *Cochafisco* hieß, wird bekanntlich aus Mais gemacht. Gekochter Mais mit Sauce heißt *Macho*. Gemahlene Maiskörner und andere Getreide nennt man *Frangollo*. Aus Maismehl stellt man Maisbrot her; es wird auch für Backwaren verwendet.

Kartoffeln (span. *patatas*) heißen auf den Kanarischen Inseln *Papas*. Sie wurden 1622 erstmals aus Peru nach Santa Cruz de Tenerife eingeführt. Sie haben sich schnell verbreitet und sind heute fester Bestandteil der Ernährung. Dagegen stammen die Süßkartoffeln oder Bataten (span. *Batatas*) von den Antillen. Sie wurden ebenfalls über den Seehandel nach Spanien eingeführt, wurden jedoch auf Grund der ähnlich lautenden Wörter (*Patata* und *Batata*) mit den Kartoffeln verwechselt. Hierzulande werden Süßkartoffeln zur Herstellung von Blutwurst verwendet und auch als Beilage zur Schlachtplatte. Süßkartoffeln mit gelbem Fleisch sind besonders geschätzt; man nennt sie *Ñame* oder *Batatas de yema* ("Dotterbataten").

Kartoffeln werden auf den Kanarischen Inseln als *Papas sancochadas* oder *Papas arrugadas* zubereitet und als Beilage zu anderen Gerichten gereicht. Die *Sancochadas* werden in leicht gesalzenem Wasser gekocht und mit etwas Butter serviert. Für die *Arrugadas* verwendet man bevorzugt die sog. schwarzen Kartoffeln aus Tenerifa. Sie werden wie Pellkartoffeln in Salzwasser gekocht. Wenn sie gar sind, wird das Wasser abgegossen

Kartoffeln sind auch hier ein Grundnahrungsmittel, das auf viele verschiedene Arten zubereitet wird: als Salzkartoffeln, als Pellkartoffeln oder als Beilage.

und die Kartoffeln werden im gleichen Topf bei kleiner Hitze getrocknet, bis die Schale faltig (span. *arrugada*) wird. Dazu paßt eine grüne oder rote, Scharfe Sauce (*Mojo picón verde* oder *Mojo picón colorado*). Die Colorado-Sauce ist sehr pikant. Sie eignet sich gut zu Gegrilltem (*Enyesques*), zu Gofio, zu Eingelegtem etc. Die grüne Mojo Picón-Sauce reicht man zu rohen oder gekochten Speisen. Sie wird aus Gemüse zubereitet und man verwendet statt des scharfen Paprikagewürzes die süße Variante, so daß der Geschmack abgemildert wird. Diese Sauce eignet sich gut zu Fischgerichten. Weitere Saucen (*Mojos*) sind die Käsesauce (*Mojo de queso*), die Almogrote-Sauce oder die Mandelsauce (*Mojo de almendras*).

Hülsenfrüchte

Früher wurden auf den Kanarischen Inseln Platterbsen, Kichererbsen und Saubohnen gegessen, und in Hungerzeiten sogar wildwachsende Futterpflanzen. Heute werden Hülsenfrüchte vor allem in Eintopfgerichten wie dem kanarischen Eintopf (*Puchero canario*) verwendet, der eine Variante des auf dem Festland als *Olla guisada* bekannten Gerichts ist. Dieser kräftige Eintopf enthält verschiedene Sorten Fleisch und Gemüse. Er ist seit dem 16. Jahrhundert ein Traditions- und Festtagsgericht. Die Reste davon essen die Kanarier gewöhnlich zum Abendessen oder sie bereiten daraus den bekannten *Tumbo* zu.
Auch der sog. *Pote*, ein Eintopfgericht, ist ein substanzreiches Essen. Er kommt aus Galicien und enthält Gemüse, Kräuter, Kresse und Getreidekörner. Auf dem spanischen Festland kennt man als vergleichbare Gerichte den kastilischen und den asturischen Eintopf.

Fleisch

"Und vom Schwein werden sogar die Klauen verwendet", wie ein Sprichwort sagt. So wurde beispielsweise der Schwanz über der Schwelle der Küche aufgehängt und nur kurz ein paar Minuten in den Eintopf eingetaucht, um ihn etwas schmackhafter zu machen. Danach wurde er für spätere Gelegenheiten aufbewahrt. Auch gebratene Spanferkel stehen auf dem Speiseplan. Sie heißen *Tostones*, genau wie in einigen Gegenden Kastiliens. Sog. *Cuarterones* oder Speckwürfel werden bei der Zubereitung einiger typischer Gerichte verwendet. Ziegenbock, Ziege oder Schaf haben ebenfalls ihren Platz in kanarischen Kochbüchern. Lamm, Kaninchen oder Kalb, die nach traditionellen Rezepten zubereitet werden, überzeugen auch Feinschmecker. Und als kleiner Appetithappen ein Schlückchen Rum und ein paar *Carajacas*, das ist kleingeschnittene und gebratene Leber mit reichlich scharfer Sauce.

Fisch

Die meistgegessenen Fische sind Atlantikfische, die in unmittelbarer Nähe der Inseln gefangen werden. Dazu gehören kleine Fische wie der Stöcker, Sardinen, Sardellen, Papageienfische, Brandbrassen, Rotbrassen oder Teufelskrabben. Einige werden der Länge nach aufgeschnitten und an der Sonne getrocknet, ein Leckerbissen, der bei Einheimischen und Zugereisten gleichermaßen beliebt ist. Die bekannten *Chicharros de Santa Cruz de Tenerife* brachten den Einwohnern dieser Stadt den Beinamen *Chicharreros* ein. Auch die sog. *Lisas* oder *Lebranchos* (Steinbeißer), die *Sopimpas*, eine Art Meersäue, oder in Streifen geschnittene Hausen (*Tollos*) werden gern frisch oder getrocknet gegessen. Dennoch ist der schmackhafte Papageienfisch der Favorit unter den Speisefischen und wird auch in zahlreichen Liedern und Sprichwörtern erwähnt. Die traditionelle Fischsuppe wird gewöhnlich aus Riesenzackenbarschen zubereitet, gelingt aber auch gut mit anderen Fischen der Region wie Brandbrassen, Graubarschen, Rotbrassen oder Dorschen bzw. Pollacks. Das Rezept für die Suppe stammt von Fischern, die sie einst auf ihren Fischerbooten vor der afrikanischen Küste zubereiteten. Der Geschmack dieser Suppe ist unvergleichlich, nicht zuletzt wegen der frischen Zutaten, die mit Zwiebeln, Zwieback, Pfeffer, Brühe und Essig gewürzt werden. Die Fischeier, die man hier als "kanarischen Kaviar" bezeichnet, ißt man als Konserve, getrocknet oder frisch zubereitet.

Ein weiteres Fischgericht ist die *Gallegada de pescado*. Es wird aus frisch gefangenen Fischen zubereitet und das Rezept stammt von galicischen Fischern.

Krusten und Schalentiere

Es werden in erster Linie Krusten- und Schalentiere aus der Region konsumiert. Die Zubereitungsarten sind allerdings von Ort zu Ort verschieden. Teufelskrabben, Krebse, Schüsselschnecken, Kalamare, Ziegenbarsche, Herzmuscheln, Meerschnecken und Austern sind einige Produkte aus dem Meer, die in der kanarischen Küche verwendet werden und sich durch verschiedene Zubereitungsarten und mit schmackhaften Saucen verfeinert in echte Leckerbissen verwandeln. Mitunter werden sie auch als Konserven eingelegt. Die sog. *Santorra* ist ein langustenähnliches Schalentier, im Geschmack jedoch der gewöhnlichen Languste überlegen. Sie wird vor einigen der kleinen Kanarischen Inseln gefangen.

Die kanarische Volksküche hält ein umfassendes und facettenreiches Speisenangebot bereit.

Süßspeisen und Desserts

Einige der zahlreichen Süßspeisen und Gebäckspezialitäten der Kanarischen Inseln sind weit über die Inselküsten hinaus bekannt geworden und manche haben in ganz Spanien Eingang in die Speisekarten gefunden. Für andere dagegen werden ausschließlich auf den Inseln erhältliche Zutaten verwendet, wodurch ihre Verbreitung natürlich auf das Herkunftsgebiet beschränkt bleibt.
Zu der zuerst genannten Gruppe gehören die *Natillas* (Cremespeise), der Milchreis und das Buttergebäck, das man in der gleichen Form und Zusammensetzung in Andalusien findet. Zu den typisch kanarischen Spezialitäten gehören *Quesadilla* (Käsekuchen), die *Delicias*, und die sog. *Sopa de Ingenio*, die ihrem Namen zum Trotz eine Süßspeise ist und aus Kürbis hergestellt wird, oder die *Tabletas* aus Mandeln, Zucker, geröstetem Weizen und Erdnüssen. *Pestiños* ist ein Gebäck, das fritiert und mit Honig überzogen wird. Es wird in Klosterbäckereien hergestellt. Typische Süßigkeiten sind die *Tirijalas*, weiche Honigbonbons in Form von Lutschern, und die *Alfeñiques*, süße Figürchen, die zur Dekoration von Kuchen und Gebäck verwendet werden.

Käse

Befähigte Käser haben schon seit jeher rohe Ziegen, Schaf- und Kuhmilch zu allen Arten von Käse verarbeitet, die international ihre verdiente Anerkennung erhalten haben. Je nach der vorwiegend produzierten Milchsorte hat jede Insel ihre eigenen Käsespezialitäten.

- Auf Lanzarote wird ein fester, weißer, kompakter und sehr würziger Käse aus Ziegenmilch hergestellt.
- Eine Mischung aus Schafs- und Ziegenmilch ist die Basis für den *Majorero*-Käse aus Fuerteventura. Seine Rinde wird mit Öl und Paprika bestrichen, weshalb er etwas scharf ist.
- Zu den bekanntesten Käsesorten gehört der sog. *Flor*, der typisch für Gran Canaria ist. Hierbei handelt es sich um einen Käse aus Kuh- und Schafsmilch, wobei der Anteil an Schafsmilch drei mal so hoch ist wie der Kuhmilchanteil. Wenn er gut gepresst wird, entfaltet dieser Käse ein einzigartiges Aroma und eine cremige Konsistenz.
- Auf Teneriffa vermischt man alle drei Milchsorten und gewinnt einen milden Käse, der sehr weiß ist und keine Rinde hat.
- Dagegen ist der Käse aus Gomera gereift, scharf und kräftig im Geschmack, was zweifellos eine Folge der Verwendung von Schafs- und Ziegenmilch ist.
- Auf der Insel Hierro wird ein Käse aus allen drei Milchsorten hergestellt. Er ist leicht säuerlich und schmeckt ein wenig nach Geräuchertem.
- Der Käse von La Palma ist dagegen mild im Geschmack. Er wird aus Schafs- und Ziegenmilch hergestellt.

Weine, Liköre und andere Elixiere

Die kanarische Weinproduktion deckt nicht einmal den Eigenbedarf der Inseln, obwohl die Qualität der hier hergestellten Weine seit dem 16. Jh. bekannt und anerkannt ist.
Die Rotweine sind körperreich und je nach Lage kräftig und geschmackvoll und weisen eine rubinrote Färbung von unterschiedlicher Intensität auf. Bei den jungen Weinen ist der fruchtige *Del Monte* aus Gran Canaria zu erwähnen. Er paßt gut zu Fleischgerichten. Sein Alkoholgehalt liegt bei über 11,5 % vol. Zu gegrilltem Fisch, hellem Fleisch und leichten Gerichten eignet sich am besten ein Weißwein. Hier hat man die Wahl zwischen herben, jungen und fruchtigen Weinen, und sogar süßliche Weine mit geringem Säuregehalt wie der *Vino Diego* werden angeboten. Sie werden auch zu Nachspeisen getrunken, und ihr Alkoholgehalt liegt bei bis zu 14 % vol.

Roséweine sollte man kalt trinken, damit ihre astringierende Wirkung zur Entfaltung kommt. So passen sie zu jedem Essen. Die hellrosa Farbe reicht von Erdbeertönen bis hin zu Orangetönen. Der Alkoholgehalt liegt in manchen Fällen bei über 10 % vol.

Zu den Qualitätsweinen gehört zweifellos der Malvasier, ein großzügiger, lieblicher Wein. Der Name stammt von der griechischen Stadt gleichen Namens, aus der diese Rebsorte kommt. Der trockene und halbtrockene Malvasier wird zu Meeresfrüchten und frittiertem und gegrilltem Fisch getrunken, während der klassische Malvasier besser zu Nachspeisen und Süßem paßt. Sein hervorragendes Aroma, sein vorzüglicher Geschmack und sein kräftiger Gehalt (bis zu 19 % vol.) machen ihn zu einem der besten Weine der Kanarischen Inseln.

Die kanarischen Likörweine sind hervorragend und weithin bekannt. Als Aperitifwein oder als Dessertwein eignet sich beispielsweise der Listán, der *Tea* oder der *Malvasía*.

Darüber hinaus gibt es noch einige Weine und Säfte mit Heilwirkung, darunter der *Abeja* und der *Guarapo de Palma*. Der erste ist ein Honigwein und der zweite ist ein alkoholfreies Extrakt aus Palmsaft. Weitere beliebte Getränke sind *Mistela*, *Guindilla*, *Ponche* und *Mejunje*.

Der Mistela (Grog) kann einen unterschiedlich hohen Alkoholgehalt haben, es kommt dabei auf die für diesen Mix verwendeten Getränke an. Mistela wird auf den Kanarischen Inseln häufig getrunken.

Guindilla ist ein Likör, der seinen Namen von der spanischen Pfefferkirsche erhalten hat.

Bei den Punschgetränken (Ponches) ist besonders der Eierpunsch zu erwähnen. Er ist der berühmteste unter den Ponches und enthält neben Zucker und Rum auch Zitrone und Tee statt, wie üblich, Eiweiß und Milch.

Der Mejunje ist ein Getränk mit kirchlicher Tradition; man bewirtete damit gewöhnlich die Geistlichen auf ihren Pastoralbesuchen. Zutaten für dieses Getränk sind: Rum, Zitrone und Honig.

So weit unsere kurze, aber doch ausführliche Einführung in die wichtigsten Aspekte der kanarischen Kochkunst und Gastronomie. Die vielfältigen Besonderheiten sollte man am besten persönlich entdecken, um sie wirklich in vollen Zügen genießen zu können.

Die Qualität der kanarischen Weine ist international anerkannt. Das Weinmuseum in Tacoronte.

Carajacas cumbreras
Kalbsleberragout

Zutaten:
- *1 kg Kalbsleber*
- *etwas grüner Pfeffer*
- *1 TL Oregano*
- *1 TL Paprikagewürz*
- *1 Knolle Knoblauch*
- *1 Glas Öl*
- *1 Glas Essig*
- *8 Zweige Petersilie*
- *etwas Salz*

Anspruchsvoll

1. Leber waschen und enthäuten, kleinschneiden und in eine große, ofenfeste Tonform geben.

2. Die geschälten Knoblauchzehen zusammen mit dem Pfeffer, der Petersilie und dem Salz im Mörser zerdrücken. Anschließend Essig, Öl, Oregano und Paprikagewürz dazugeben und die Mischung beiseite stellen.

3. Nun gießt man einen Teil der Marinade über die Leber und verrührt alles langsam mit einem Holzlöffel, bis die Flüssigkeit gleichmäßig verteilt ist.

4. Die Leber bleibt nun über Nacht eingelegt. Am nächsten Tag werden die Leberstückchen bei niedriger Temperatur gebraten.

5. Während des anschließenden Bratens auf dem Grill oder mit wenig Öl in der Pfanne gießt man noch etwas Marinade über die Leber. Danach gibt man die Leberstückchen wieder in die Tonform.

6. Die Leber wird portionsweise auf Tellern serviert und mit der zuvor in einer Pfanne erhitzten, restlichen Flüssigkeit übergossen. Dazu serviert man Salzkartoffeln oder Pellkartoffeln.

Tip

Da zu diesem köstlichen Pfannengericht ein alkoholisches Getränk gut paßt, empfehlen wir als Aperitif ein Schlückchen kanarischen Rum.

Hinweis

Die "echten" Carajacas werden zwar aus Schweineleber gemacht und nach Art der Ureinwohner geröstet oder gebraten - Schweine gab es auf den Inseln bereits um 1500, während Rinder erst später eingeführt wurden. Die hier vorgestellten, sehr schmackhaften Carajacas werden jedoch mit Kalbsleber zubereitet.

Kalbsleberragout

Chuchangos en salsa
Schnecken mit Sauce

Zutaten:
2 kg Landschnecken
etwas Kümmel
2 kleine Zweige Fenchelkraut
200 g Getreidemehl oder Gofio
1 Knolle Knoblauch
ein Stück Orangenschale
1 gestrichener TL grobkörniges Salz
1/2 EL Paprikagewürz
1/2 grüner Paprika
1 Zweig Thymian
1 Lorbeerblatt
1 EL Oregano
1/2 Mokkatasse Öl
etwas Essig

Anspruchsvoll

1. Vor der Zubereitung müssen die Schnecken gereinigt, d.h. von Sand und Schleim befreit werden. Dazu spült man sie mehrmals unter kaltem Wasser ab, gibt sie in ein geeignetes Gefäß und bestreut sie mit dem Gofio und dem Fenchel. Dann deckt man sie mit einem Netz ab und läßt sie über Nacht stehen.

2. Am nächsten Tag werden die Schnecken erneut mehrfach gründlich abgespült. Wenn sie sauber sind, werden sie wieder in das Gefäß gegeben, das je zur Hälfte mit Wasser und Essig gefüllt ist. Anschließend erhitzen und kochen lassen. Den Schaum mit einem Löffel oder Schaumlöffel abschöpfen.

3. Inzwischen zerreibt man in einem Mörser die übrigen Zutaten mit Ausnahme des Lorbeerblattes, des Thymian und des Oregano, die man beiseitestellt.

4. Schnecken gut umrühren und Öl dazugeben. Unter Rühren ein halbes Gläschen Essig dazugeben. Nun die Flüssigkeit aus dem Mörser über die Schnecken geben und alles eine Stunde lang weiterkochen.

5. Anschließend die restlichen Zutaten dazugeben und die Schnecken probieren. Wenn sie gar sind, den Topf vom Herd nehmen und servieren. Dazu kann man Salzkartoffeln reichen.

Tip

Zu dieser kulinarischen Köstlichkeit paßt am besten ein halbtrockener, harmonischer und milder Malvasier oder ein trockener Weißwein aus Teneriffa, La Palma, Gomera oder Hierro.

Anmerkung

Es sind in erster Linie die zarten Schnecken, die diesem Gericht seinen vorzüglichen Geschmack verleihen. Die kanarische Bezeichnung "Chuchangos" für diese Landschnecken stammt aus dem Portugiesischen.

Schnecken mit Sauce

Morena frita

Gebratene Muräne

Zutaten:

1 Muräne von ca. 1 kg

2 Knoblauchzehen

1/2 Tasse Öl

Salz

Raffiniert

1. Muräne ausnehmen und den Kopf abtrennen, anschließend waschen. Dann der Länge nach in zwei Hälften teilen, aber nicht ganz durchschneiden.

2. Den Fisch salzen und nach 30 Minuten quer zum Rückgrat in Stücke teilen, aber auch in diesem Fall nicht ganz durchschneiden. Anschließend in ein feines Netz gehüllt im Freien zum Lüften aufhängen.

3. Nach dem Lüften die einzelnen Teile mit dem Messer ganz abtrennen und in der Pfanne mit den geschälten und in Hälften geschnittenen Knoblauchzehen anbraten.

4. Die Muräne wird goldbraun gebraten und muß dann noch so lange auf dem Feuer bleiben, bis die Gräten weich werden.

5. Den Fisch nach Belieben mit einer kanarischen Sauce servieren, zum Beispiel Grüne Sauce oder Rote Sauce, und dazu Pellkartoffeln oder Salzkartoffeln reichen.

Hinweis

Die Grüne Sauce (Mojo Verde) paßt am besten zu gekochtem und rohem Fisch, während die Rote Sauce (Mojo colorado), die ursprünglich "Mojo bravo" (Scharfe Sauce) hieß und später auch als "Quemón" und heute als "Picón" bezeichnet wird, sich durch ihre Schärfe und ihren intensiven Geschmack auszeichnet.

Anmerkung

Die Muräne gehört, wie die Steinbeißer, zu den Meeräschen, die schon seit langer Zeit den Ozean bevölkern und geschätzte Speisefische sind.

Salsa canaria de aguacate

Kanarische Avocadosauce

Zutaten:

2 große Avocados

1 rote kanarische Zwiebel, Salz

1 Eigelb

1/2 l Olivenöl

1 Stückchen scharfe, getrocknete Paprikaschote

Zitronensaft

Leicht

1. Zwiebel und Avocado schälen und kleinschneiden und in einer Schüssel mit dem Eigelb und dem Zitronensaft vermengen.

2. Anschließend die Mischung mit Salz und Pfeffer abschmecken und im Mixer pürieren.

3. Das Öl nach und nach zugeben, wie bei einer Mayonnaise.

4. Diese Sauce wird in Portionsschälchen serviert oder nach Belieben auch in einer Sauciere.

Tip

Durch den exotischen Geschmack und die cremige Konsistenz des Avocado eignet sich diese kanarische Sauce besonders gut zu allen Arten von Fisch und Meeresfrüchten.

Gebratene Muräne

Gofio escaldado al estilo de los bordones
Gofio mit Brühe

Zutaten:

5 EL Gofio, 3 Triebe Minze

200 g ausgelassene Speckwürfel (Grieben)

1 mittelharter Käse

1,5 l Kartoffelbrühe

3 geschälte, entkernte und pürierte Tomaten

1 grüner Paprika, entkernt und sauber, in feine Ringe geschnitten

1 kleingeschnittene, mittelgroße Zwiebel

Leicht

1. Kartoffelbrühe in einen Topf geben und erhitzen. Zwiebeln, Tomaten und Minze zugeben und einige Minuten weiterkochen.

2. Mit Salz abschmecken und unter ständigem Rühren langsam den Gofio zugeben, bis eine glatte und gleichförmige Masse entsteht.

3. Zum Schluß die Speckgrieben zugeben und noch einen Moment weiterkochen lassen. Im Kochtopf servieren und dazu den Käse reichen, von dem sich jeder Gast nach Belieben bedient.

Hinweis

Bei der Zubereitung des Gofio ist zwischen dem mit Brühe vermischten Gofio (escaldado) und den sog. Ralas de Gofio zu unterscheiden. Der Gofio escaldado wird in kochende Brühe oder Milch eingerührt. Dagegen vermischt man das Mehl für die Ralas de Gofio mit kalten oder zimmerwarmen Flüssigkeiten.

Anmerkung

Gofio ist ein Mehl aus verschiedenen Getreidesorten, darunter Weizen, Gerste, Erdnüsse etc. Auf Teneriffa stellt man den Gofio hauptsächlich aus Weizen her, auf Gran Canaria dagegen aus Mais, seit dieser dort bekannt wurde. Außer auf La Palma, wo Gofio hauptsächlich aus Erdnüssen hergestellt wird, verwendet man auf den übrigen Inseln meist den Maisgofio oder eine Mischung verschiedener Getreidesorten.

Salsa de tomate
Tomatensauce

Zutaten:

4 EL Olivenöl, etwas Salz

1 mittelgroße, gehackte Zwiebel

1 EL Zucker, 1 kg geschälte und entkernte Tomaten

6 geschälte, ganze Knoblauchzehen

Leicht

1. Öl in einen Kochtopf gießen und erhitzen. Darin zuerst die Knoblauchzehen und anschließend die Zwiebel anbraten.

2. Tomaten schälen und entkernen und ebenfalls in den Topf geben.

3. Zucker und Salz dazugeben und 25 - 30 Minuten bei geringer Hitze kochen lassen. Dabei darauf achtgeben, daß die Sauce nicht anbrennt.

Tip

Der natürliche und leicht säuerliche Geschmack dieser Sauce verfeinert viele typische Gerichte, die ohne diese gehaltvolle Beigabe nicht ganz so köstlich schmecken würden.

Beletén de vaca
Kuh-Vormilch

Zutaten:
- *1 l Kuh-Vormilch vom ersten Tag*
- *Salz nach Belieben*
- *1/2 l Wasser*
- *Zucker*

Leicht

1. In einem Topf die Vormilch mit dem Wasser erhitzen. Sobald sie anfängt, Klümpchen zu bilden, die Hitze zurückschalten.

2. Während der Kochzeit langsam mit einem Holzlöffel umrühren, bis die Milch ein wenig eindickt.

3. Danach abkühlen lassen und in einer Schüssel zusammen mit etwas Gofio servieren. Die Zuckerdose ebenfalls bereitstellen, damit jeder nach Geschmack süßen kann.

Anmerkung

Auf den Kanarischen Inseln heißt die an den ersten Tagen nach einer Geburt gemolkene Vormilch von Kühen, Ziegen und Schafen "Beletén".

Mojo picón (bravo o colorado)
(auch Mojo Bravo oder Mojo Colorado) Rote Sauce (Scharfe Sauce)

Zutaten:
- *1 getrocknete rote Paprikaschote mit Kernen*
- *1/2 TL Kümmel*
- *1 Tasse Öl*
- *1 Tasse abgekochtes, abgekühltes Wasser*
- *1 Knoblauchknolle*
- *1 gestrichener Teelöffel Paprikagewürz*
- *2 Mokkatassen Essig*
- *Salz*

Anspruchsvoll

1. Kümmel im Mörser zerstoßen, Paprikaschoten aufschneiden, entkernen und säubern und 20 Minuten in Wasser legen.

2. Danach die Schoten innen ausschaben, säubern und das Kernhaus entfernen und den Paprika zu dem Kümmel, den geschälten Knoblauchzehen und dem Salz geben.

3. Anschließend Paprikagewürz zugeben und alles weiter im Mörser zerreiben. Öl dazugeben und weiter verrühren. Wenn ein gleichmäßiger Brei entstanden ist, gibt man den Essig und das Wasser dazu und rührt weiter, bis alles gut miteinander vermischt ist.

4. Der Mojo Picón wird den Gästen separat in kleinen Schüsseln serviert. Zu dieser kanarischen Sauce reicht man Pellkartoffeln oder Salzkartoffeln, die man beim Essen in die Sauce stippt. Man kann aber auch Brotstücke oder Gofio in die Sauce tunken.

Anmerkung

Diese Sauce gilt als die "Königin" der kanarischen Saucen. Dieser traditionsreiche Mojo ist allgemein bekannt und beliebt. Im Gegensatz zu anderen Suppen- oder Saucenspezialitäten der Kanaren wird der Mojo aus getrockneten Zutaten zubereitet, die mit Essig und Wasser vermischt werden.

Tip

Wenn Sie die Sauce besonders scharf lieben, zerstoßen Sie die Paprikaschote im Mörser, ohne die Kerne zu entfernen und geben Sie kein Wasser zu.

Rote Sauce

Mojo verde con cilantro

Grüne Sauce mit Koriander

Zutaten:
12 Zweige Koriander
1/2 Mokkatasse Öl
1 Mokkatasse Essig
6 Knoblauchzehen
3 EL Brühe, vorzugsweise Kartoffelbrühe
Salz

Leicht

1. Knoblauchzehen schälen und zusammen mit dem Salz und dem Koriander im Mörser zerreiben.

2. Das Öl darübergießen und gut verrühren. Anschließend gleich den Essig und die Brühe zugeben und weiter rühren, bis eine kompakte und gleichförmige Masse entsteht.

3. Die Grüne Sauce mit Koriander paßt gut zu fritiertem Fisch oder Papas Sancochadas. Sie wird in einer Sauciere serviert.

Anmerkung

Die kanarischen Saucen sind für sich genommen oder als Bestandteil der bekanntesten Spezialitäten der kanarischen Küche populär. Das hier beschriebene Rezept stammt von der Insel Hierro und der Mojo verde ist zwar weniger scharf, aber keinesfalls weniger geschmackvoll und aromareich als andere Saucen.

Escaldón de gofio y leche

Milchbrei mit Gofio

Zutaten (für 2 Personen):
4 EL Maisgofio
2 EL Zucker
0,5 l Milch
Schale von 1/4 Zitrone
1/4 Zimtstange

Leicht

1. Milch in einen Topf geben und zum Kochen bringen.

2. Wenn die Milch zu kochen beginnt, den Gofio, den Zimt, den Zucker und die Zitronenschale dazugeben.

3. Den so entstandenen Gofiobrei langsam, aber ständig umrühren, bis er erneut zu kochen beginnt und dick wird.

4. Nun läßt man den Brei abkühlen und serviert ihn auf Tellern. Zuckerdose bereitstellen, damit jeder Gast nach Belieben süßen kann.

Anmerkung

Der "Escaldón" ist eine Spezialität der Kanarischen Inseln. Zu den am häufigsten verwendeten Zutaten zählen Maisgofio, Knoblauch, Safran, Speck, Pfefferminze und grüner Paprika.

Grüne Sauce mit Koriander ➤

Gofio amasado con papas y batatas

Gofiobrei mit Kartoffeln und Bataten

Zutaten:

1 gekochte Kartoffel, möglichst aus einem Eintopf oder einer Suppe

1 Batate oder Süßkartoffel gleichen Gewichts, oder ein Stück davon

3 EL Maisgofio

Leicht

1. Die Kartoffel und die Batate in einer Porzellanschüssel zerdrücken. Nach und nach den Gofio zugeben und zu einer gleichmäßigen und nicht zu festen Masse verarbeiten.

2. Wenn man dem Brei eine festere Konsistenz geben möchte, gibt man mehr Maisgofio zu. Die Mischung gut verrühren und darauf achten, daß alle Zutaten gut gebunden werden.

Tip

Wenn man sich Arbeit ersparen möchte, kann man den Gofiobrei auch so essen, wie es früher üblich war: alle Tischgenossen löffelten gemeinsam aus einer großen Schüssel.

3. Der Gofiobrei wird in kleinen Schälchen serviert.

Anmerkung

Die Kartoffeln (kanarisch: Papas) wurden aus Peru auf die Kanaren eingeführt und verbreiteten sich schnell auf allen Inseln. Auf dem spanischen Festland wurden sie allerdings unter dem Namen Patatas bekannt. Die Bataten oder Süßkartoffeln stammen dagegen von den Antillen und werden in der kanarischen Küche zu Forellen serviert oder man verwendet sie bei der Herstellung von süßer Blutwurst. Die gelben Bataten heißen hier auch "Ñame" oder "Batatas de yema".

Pella de gofio

Gofiobrot

Zutaten (für 2 Personen):

ca. 200 g Maisgofio

1 EL Olivenöl

1 EL Zucker

1 Glas Wasser

Salz

Leicht

1. Den Gofio in eine kleine Schüssel geben. Das Salz und der Zucker werden separat davon in Wasser aufgelöst.

2. Dann das Öl zum Gofio geben und anschließend das Wasser zugeben, in dem zuvor das Salz und der Zucker aufgelöst wurden.

3. Nun die Masse mit den Händen durchkneten und zu einem Brot formen.

4. Das Brot oder "Pella" wird nun auf den Tisch gestellt und die Gäste teilen sich jeweils mit der Hand ein Stück von dem Laib ab.

5. Dazu paßt Sancocho (Kanarischer Fischeintopf) oder Oliven.

Tip

Den Gofio kann man auch in eine leckere, pikante Sauce eintunken.

Anmerkung

Falls man keinen Zucker verwenden möchte oder darf, kann man stattdessen auch etwas Salz nehmen. Weniger verbreitet ist dagegen die Beigabe von einem Schuß Rum.

Mojo hervido
Gekochte Sauce

Zutaten:
- *1 trockener, scharfer Paprika*
- *6 Knoblauchzehen*
- *1 Mokkatasse Öl*
- *4 Zweige Petersilie*
- *1 Mokkatasse Essig*
- *1 EL Paprikagewürz*
- *Brotkrumen von einem Brötchen, ohne Kruste*
- *1 Lorbeerblatt*
- *1 Mokkatasse Wasser*
- *2 kleine Zweige Thymian*

Leicht

1. Man kann dem Paprika die Schärfe etwas nehmen, indem man ihn 20 Minuten aufgeschnitten und entkernt in heißem Wasser einweicht. Danach gießt man das Wasser ab, entfernt die Hautchen und schabt die Schote innen ein wenig mit dem Messer aus.

2. Den Essig gießt man in eine andere Schüssel und weicht darin die Brotkrumen ein.

3. Den gesäuberten Paprika zusammen mit den geschälten Knoblauchzehen, den Petersilienzweigen und dem in Essig eingeweichten Brot in einen Mörser geben und alles gut verdrucken und vermischen.

4. Die so entstandene Masse wird nun in der Pfanne zusammen mit dem Paprikagewürz, dem Lorbeerblatt und dem Thymian in heißem Öl angebraten.

5. Dazu gibt man das Wasser und den Essig und läßt die Mischung ein paar Mintuen kochen, bis sie ihre ideale Konsistenz erreicht.

Tip

Wenn Sie den feinen Geschmack des Fisches mit dieser köstlichen Sauce kombinieren, erhalten Sie vorzügliche Fischgerichte.

Escacho palmero
Zerdrückte Kartoffeln mit Gofio

Zutaten:
- *2 Knoblauchzehen*
- *0,5 kg Kartoffeln*
- *etwas Kümmel*
- *1 getrockneter, scharfer Paprika*
- *300 g harter Käse*
- *Gofio für den Teig*
- *1/2 Mokkatasse Essig*
- *1/2 Mokkatasse Olivenöl*
- *ein paar Esslöffel Karfoffelbrühe*
- *etwas Salz*

Leicht

1. Paprika der Länge nach durchschneiden, Kerne entfernen und in heißes Wasser legen. Je länger der Paprika eingelegt bleibt, desto mehr wird die Schärfe gemildert. Danach die Häutchen entfernen und innen mit einem Messer etwas ausschaben. Anschließend den Paprika mit dem Kümmel, den geschälten Knoblauchzehen und dem Salz in den Mörser geben

2. Alles gut im Mörser zerreiben, bis eine gleichmäße Masse entsteht. Essig und Öl zugeben und erneut vermischen.

3. Die geschälten und in Salzwasser gekochten Kartoffeln nach Belieben salzen, mit den Händen zerdrücken und in eine Schüssel geben.

4. Die im Mörser zubereitete Sauce und etwas Kochwasser von den Kartoffeln über die Kartoffeln gießen und alles gut verrühren.

5. Nun den Gofio langsam über die Kartoffeln streuen und unter weiterem Rühren den kleingeschnittenen Käse ebenfalls darüberstreuen.

6. Dieser Brei wird in einer länglichen Glasform serviert. Man schneidet kleine Portionen ab und ißt sie zu einer Gemüsesuppe.

Caldo de pescado
Fischsuppe

Zutaten:
1 Kabeljau von 2 kg
2 kg Kartoffeln, 1 Zwiebel
3 Knoblauchzehen, grobkörniges Salz
1 Mokkatasse Olivenöl
2 große geschälte, entkernte und kleingeschnittene Tomaten
1 EL zerdrückter Kümmel
1 EL Paprikagewürz
5 l Wasser
4 Zweige Petersilie
1 reifer Paprika
ein paar Blättchen Minze
3 harte Brötchen, in Scheiben geschnitten
1 paar Safranfäden
4 Zweige Koriander
1 El Butter
1 El Gofio pro Person

Anspruchsvoll

1. Schuppen des Kabeljaus entfernen, den Fisch ausnehmen und Kiemen entfernen. Dann in dicke Scheiben schneiden und waschen, mit grobkörnigem Salz bestreuen und aufbewahren.

2. Die gewaschenen und geschälten Kartoffeln in einem Topf in Salzwasser kochen. Das Wasser sollte die Kartoffeln bedecken.

3. In einer Pfanne in etwas heißem Öl die Hälfte des kleingeschnittenen Paprika zusammen mit der Zwiebel und dem Knoblauch anbraten, die zuvor geschält und kleingeschnitten wurden. Dann das gebratene Gemüse über die Kartoffeln geben, 15 Minuten weiterkochen und schließlich den Fisch zusammen mit etwas Petersilie, dem Koriander, dem zerdrückten Safran und einem Teil der Minze dazugeben. Mit Salz abschmecken und weiterkochen, bis der Fisch gar ist.

4. In einen kleinen Stieltopf gibt man die Butter, den Gofio und die restliche Minze. Mit ein paar gekochten Kartoffeln aus dem anderen Topf vermengt man alles durch ständiges Rühren mit einem Holzlöffel zu einer gleichmäßigen und konsistenten Masse.

5. Wenn das Essen fast fertig ist, übergießt man das harte Brot mit etwas Brühe.

6. Anschließend alles sofort servieren und dazu eine Grüne Sauce in einer Sauciere und einen Kanarischen Salat reichen.

Tip

Wer es gern scharf mag, kann zu der Kartoffelmasse etwas grünen Pfeffer geben.

Tumbo de puchero
Eintopfreste

Zutaten (für 1 Person):
3 EL Olivenöl
3 Scheiben Brot
3 geschälte Knoblauchzehen

Leicht

1. Die Reste des Eintopfs durch ein grobes Sieb drücken. Die gesiebte Masse wird in einem Topf erhitzt.

2. Die groben Teile, die im Sieb geblieben sind, werden von Knochen befreit, um sie anschließend separat in einer Schüssel zu servieren.

3. In einer Pfanne das Öl erhitzen und den Knoblauch anbraten. Wenn er goldbraun ist, das Fleisch und die Kichererbsen dazugeben und weiterbraten, bis sie ebenfalls leicht braun werden. Anschließend beiseite stellen und später heiß servieren.

4. Auf einen Teller 3 Scheiben Brot legen, einen Schöpflöffel heißer Fleischbrühe darübergießen und warten, bis das Brot die Flüssigkeit aufgesogen hat. Anschließend ißt man zuerst das Brot, danach das Fleisch mit den Kichererbsen.

Fischsuppe

Potaje de lentejas
Linsensuppe

Zutaten (für 4 Personen):
0,5 kg Linsen, Salz
300 g Kürbisfleisch
2 geschälte Zucchini
4 kleine, ganze Maiskolben
400 g kleingeschnittene, gelbe Bataten
1 Mokkatasse Öl
0,5 kg geschälte Kartoffeln
1 kleine Zwiebel
4 geschälte und kleingeschnittene Knoblauchzehen
1 geschälte, entkernte und kleingeschnittene Tomate
1 TL Paprikagewürz
etwas Safran

Anspruchsvoll

1. Linsen verlesen und ca. 2 Stunden in Wasser einweichen. Dann erneut waschen und in 4,5 l Wasser mit den Maiskolben kochen.

2. Nach der ersten Hälfte der Kochzeit gibt man die in der Mitte durchgeteilten Zucchini, die Bataten, das Kürbisfleisch und die Kartoffeln dazu und kocht alles zusammen weiter.

3. Inzwischen das Öl erhitzen und die Zwiebeln, den Knoblauch, die Tomaten und das Paprikagewürz darin anbraten. Dabei gelegentlich mit einem Schaumlöffel umrühren. Dann wird der Pfanneninhalt über die Suppe gegeben und man gibt den Safran dazu. Mit Salz abschmecken und bei geringer Hitze warmhalten, bis die Kartoffeln gekocht sind.

4. Wenn die Kartoffeln gar sind, nimmt man sie vom Herd und läßt sie 10 bis 12 Minuten stehen. Danach gibt man sie in eine Suppenschüssel und serviert sie heiß.

Caldo de papas
Kartoffelsuppe

Zutaten (für 6 Personen):
1,5 kg neue Kartoffeln
6 Knoblauchzehen, Salz
etwas Kümmel
1 TL Paprikagewürz
1 reife Tomate
ein halber Bund Koriander
3 l Wasser
6 Zweige Petersilie
1 mittelgroße Zwiebel
1 Ei pro Person, insgesamt 6
1/2 Tasse Olivenöl

Leicht

1. Wasser in einen Kochtopf gießen und erhitzen. Die Kartoffeln schälen und in den Topf geben, die großen Kartoffeln in der Mitte durchschneiden. Die geschälte und in der Mitte durchgeteilte Zwiebel, die entkernte, kleingeschnittene und ungeschälte Tomate ebenfalls in den Topf geben.

2. Im Mörser den Knoblauch und den Kümmel mit Salz, Paprikagewürz und Öl zerreiben und gut vermischen. Anschließend in den Topf geben.

3. Wenn die Kartoffeln fast gar sind, den Koriander und den Safran dazugeben. Wenn die Kartoffeln weich sind, gibt man die Eier einzeln in den Topf und nimmt ihn dann von der Kochstelle.

4. Eine Minute ruhen lassen und dann die heiße, noch dampfende Suppe servieren.

Tip

Es bietet sich an, ein paar Kartoffeln mehr mitzukochen, wenn man welche für einen Gofiobrei bereithalten möchte. Diesen kann man als Beilage zu einem anderen Gericht oder allein servieren.

Linsensuppe

Potaje de apio
Selleriesuppe

Zutaten (für 6 Personen):
300 g weiße, mehlige Pintobohnen
4 gesalzene Schweinerippen
1 kg mittelgroße Kartoffeln
300 g Kürbisfleisch
5 mittelgroße Stangen Sellerie
2 mittelgroße Mohrrüben
4 l Wasser, 3 Knoblauchzehen
250 g gelbe Bataten
2 Maiskolben, 1 Tomate
1 kleine Zwiebel, Salz
3 mittelgroße Zucchini
1/2 frischer, roter Paprika

Anspruchsvoll

1. Die Bohnen über Nacht in Wasser einweichen. In einem anderen Gefäß die Schweinerippen einweichen. Die Selleriestangen waschen und in mittelgroße Stücke schneiden.

2. Wasser in einen Topf geben und erhitzen. Die Bohnen und die Schweinerippen mit den Maiskolben hineingeben. Alles zusammen eine Weile kochen lassen.

3. Wenn die Bohnen weich sind, gibt man die kleingeschnittenen Kartoffeln, Bataten, Mohrrüben, das Kürbisfleisch, die Tomate, die Zwiebel und den halben Paprika sowie die in der Mitte durchgeschnittenen Zucchini, den zerdrückten Knoblauch und das Öl dazu.

4. Kartoffeln mit einer Gabel einstechen, um zu prüfen, ob sie gar sind. Wenn sie weich sind, den Topf von der Kochstelle nehmen und einen Moment ruhen lassen. Zu dieser Suppe paßt ein Gofio oder milder Käse.

Potaje de verduras
Gemüsesuppe

Zutaten:
250 g zarte Bohnen
4 Schweinerippen, Salz
4 l Wasser, 4 Knoblauchzehen
4 zarte Maiskolben
1/2 kg Kohl
1 große Tomate
1 mittelgroße Zwiebel
1/2 kg Bataten
1 kg mittelgroße Kartoffeln
1/2 kg Kürbisfleisch
1/2 kg Zucchini
1/2 kg Prinzeßbohnen
3 Zweige Petersilie
3 Zweige Koriander
eine Prise Kümmel

Anspruchsvoll

1. 4 Liter Wasser in einen Suppentopf geben, das gewaschene und kleingeschnittene Gemüse hineingeben und erhitzen.
2. Anschließend die Maiskolben waschen und in der Mitte durchschneiden. Die Zwiebel wird in der Mitte eingeschnitten und die Tomate wird geschält und entkernt.

3. Dann die Bohnen, die 4 Schweinerippen, die Maiskolbenhälften, die ganze Zwiebel und die Tomate in den Topf geben.

4. Während das Gemüse kocht, die Petersilie, den Kümmel und den Koriander in einem Mörser zerreiben.

5. Nach 15 Minuten Kochzeit die Bataten, die in der Mitte durchgeschnittenen Kartoffeln und den Inhalt des Mörsers dazugeben.

6. Wenn die Kartoffeln gar sind, nimmt man sie von der Kochstelle und läßt sie ca. 12 Minuten stehen. Die Suppe serviert man in einem Suppentopf. Mit einer Schöpfkelle füllt man die Suppe auf die Teller.

Selleriesuppe ›

Rancho canario
Kanarischer Eintopf

Zutaten:
300 g kanarische Kichererbsen
150 g Chorizo (würzige Hartwurst)
125 g Hühnerfleisch
100 g durchwachsener Speck
125 g Schweinefleisch aus dem Kamm
4 Knoblauchzehen, 1 Zwiebel
2 entkernte Tomaten
1 Mokkatasse Olivenöl
4 Zweige kleingehackte Petersilie
etwas Safran, 5 l Wasser
1 kg geschälte Kartoffeln
100 g dicke Suppennudeln
1/2 TL Kümmel, mit der Hand zerdrückt
1/2 Mokkatasse kanarischen Wein
1 EL Paprikagewürz, Salz

Anspruchsvoll

1. Die Kichererbsen über Nacht einweichen. Vor dem Kochen das Einweichwasser abgießen und die Erbsen waschen.

2. Das gesamte Wasser in einem großen Topf zum Kochen bringen. Dann die Kichererbsen, den durchwachsenen Speck, das Fleisch, die Chorizo und das Salz hinzugeben.

3. Mit dem Schaumlöffel das Fleisch herausnehmen, wenn es weich ist. Anschließend in einer Schüssel kleinschneiden und alle Knochen entfernen. Zum Schluß das Fleisch wieder in den Topf geben.

4. Das Olivenöl in einer Pfanne erhitzen und die Zwiebel, den Knoblauch, die Tomaten, das Paprikagewürz, den Kümmel und die Petersilie dazugeben. Mit Wein ablöschen und den Pfanneninhalt mit den Bohnen, den durchgeschnittenen Kartoffeln und dem Safran in den Kochtopf geben.

5. Wenn die Kartoffeln fast gar sind, gibt man die Suppennudeln dazu und läßt den Eintopf ein Weilchen weiterkochen. Dann nimmt man den Topf von der Kochstelle und läßt den Eintopf 15 Minuten ruhen. Anschließend servieren.

Potaje de berros
Kressesuppe

Zutaten (für 6 Personen):
0,5 kg Kresse, 2 Maiskolben
100 g durchwachsener Speck
200 g zarte Bohnen
4 frische Schweinerippen
200 g gelbe Bataten
150 g Ñame
1 kg Kartoffeln
etwas Kümmel, 4 l Wasser
eine Prise Paprikagewürz
4 Knoblauchzehen, 1 Zwiebel
1/2 Mokkatasse Öl, Salz

Anspruchsvoll

1. Kresse gründlich säubern, dicke Stengel entfernen, waschen und kleinschneiden.

2. Wenn die Schweinerippen frisch sind, werden sie gewaschen. Wenn sie eingepökelt sind, wäscht man sie unter warmem Wasser ab und weicht sie einige Stunden ein.

3. Die angegebene Menge Wasser in einen Topf geben und die Schweinerippen, den Speck, die Bohnen, die Ñame und die in Stücke geschnittenen Maiskolben dazugeben. Wenn etwa die halbe Kochzeit verstrichen ist, gibt man die Kresse, den Kümmel, die in kleine Stücke geschnittene Batate, das Paprikagewürz und das Öl dazu. Anschließend mit Salz abschmecken, gut umrühren und eine Stunde kochen lassen.

4. Danach die Kartoffeln mit einer Gabel einstechen, um zu prüfen, ob sie gar sind. Wenn sie weich sind, läßt man die Suppe noch 15 Minuten ruhen und serviert sie dann in einer Suppenschüssel zusammen mit einem Teller Gofio.

Brunnenkressesuppe

Potaje de jaramagos
Doppelsamensuppe

Zutaten (für 4 Personen):
1 kg Doppelsamen
100 g durchwachsener Speck
150 g Kartoffeln
250 g Pintobohnen
250 g frisches Schweinefleisch
100 g weiße Bataten
1/4 grüner Paprika
4 Knoblauchzehen
150 g gelbe Bataten
1/2 TL Paprikagewürz
1/2 Mokkatasse Öl
etwas Kümmel, Salz

Anspruchsvoll

1. Die Doppelsamenzweige unter fließendem, kaltem Wasser abspülen und die Stiele von den Blättern trennen. Die Bohnen über Nacht einweichen.

2. In einen Kochtopf die abgespülten Bohnen, das Schweinefleisch und den Speck geben. Nach Ablauf der halben Kochzeit die in Stücke geschnittenen Stiele der Doppelsamen, die kleingeschnittenen Bataten, die Kartoffeln und den ebenfalls kleingeschnittenen Paprika dazugeben.

3. Knoblauch und Kümmel im Mörser zerreiben, Paprikagewürz und Öl dazugeben und die Mischung in den Kochtopf geben.

4. Die Doppelsamenblätter in kochendem Wasser blanchieren, damit sie nicht bitter schmecken. Danach abtropfen lassen und ebenfalls in den Kochtopf geben.

5. Wenn die Kartoffeln gar sind, nimmt man den Topf von der Kochstelle und läßt die Suppe ein wenig ruhen. Dazu reicht man Gofio, der mit etwas Suppe in einer anderen Schüssel angerührt wird, ein paar Kartoffeln und ein Stück Batate.

Tip

Zu dieser Suppe paßt auch ein frischer Salat mit Oliven und etwas kanarischem Käse.

Sancocho canario
Kanarischer Fischeintopf

Zutaten:
2 kg eingesalzener Riesenzackenbarsch
2 kg mittelgroße, ganze Kartoffeln
0,5 kg Gofio
0,5 kg in Stücke geschnittene, gelbe Bataten
1/4 l Scharfe Sauce
5 l Wasser, Salz

Für Gäste

1. Den Stockfisch über Nacht in Wasser einweichen und während der 12 Stunden Einweichzeit zwei- bis dreimal das Wasser wechseln.

3. Am nächsten Tag die Schuppen des Fisches entfernen, gründlich säubern und in ca. 200 g große Stücke schneiden. Zum Abtropfen beiseite stellen.

3. In einem Kochtopf Wasser und Salz erhitzen und zuerst die Bataten, dann die Kartoffeln hineingeben. 10 bis 12 Minuten kochen lassen und anschließend den Fish dazugeben. Schaum mit einem Schaumlöffel abschöpfen.

4. Wenn die Kartoffeln gar sind, gießt man das Kochwasser ab und stellt den Topf noch einmal auf den Herd, damit die restliche Flüssigkeit verdampft.

5. Der Sancocho wird auf einer Platte serviert. Dabei legt man den Fisch in die Mitte, die Bataten auf eine Seite und die Kartoffeln auf die andere Seite. In einer Sauciere reicht man dazu eine Scharfe Sauce.

Sugerencia

Damit der Sancocho garantiert ein Erfolg wird, kann man dazu ein Gofiobrot oder einen der vielen kanarischen Salate reichen.

Doppelsamensuppe

Pescado en escabeche
Eingelegter Fisch

Zutaten:
1 frischer Fisch von 2 kg (Rotbrasse, Brandbrasse oder eine andere gute Brasse)
Hartes Brot, in Scheiben geschnitten
1 Knoblauchknolle, alle Zehen geschält
1 EL Paprikagewürz
1 EL Oregano, 2 Zweige Thymian, 1/4 l Olivenöl
1/2 kg kleine Zwiebeln
etwas Kümmel, 1 Lorbeerblattt
Salz, 1/2 Mokkatasse Wasser
1 Mokkatasse Essig

Anspruchsvoll

1. Fisch von Schuppen befreien und gründlich säubern. Anschließend in dicke Scheiben schneiden, salzen und an der Luft stehenlassen.

2. Als nächstes den Fisch mit kaltem Wasser abwaschen und in der Pfanne anbraten. Danach in einen Topf geben und beiseite stellen.

3. Das Öl, in dem der Fisch angebraten wurde, wird noch einmal auf mittlere Hitze erwärmt. Darin werden nun der Knoblauch und das Brot gebräunt. Die Pfanne von der Kochstelle nehmen und den Inhalt in einen Mörser geben. Dort wird er mit dem Kümmel und dem Salz vermischt.

4. Diese Mischung gießt man nun wieder in das Öl, in dem der Fisch angebraten wurde. Den Essig, den Thymian, das Lorbeerblatt, den Oregano und das Wasser gibt man ebenfalls dazu. Die Marinade ein paar Minuten auf das Feuer stellen und dabei ständig umrühren. Schließlich wird damit der Fisch übergossen. Man läßt ihn ein Weilchen darin kochen und nimmt ihn dann von der Kochstelle.

5. Öl in der Pfanne erhitzen und darin Zwiebeln anbraten, mit denen der Fisch garniert wird. Der eingelegte Fisch wird kalt serviert, als Beilage reicht man Salzkartoffeln.

Tollos en salsa
Hausen mit Sauce

Zutaten:
1 kg Hausen (eingesalzen und in Streifen geschnitten)
1 Tasse Olivenöl
6 Zweige Petersilie, Salz
1/2 kg Tomaten
1 mittelgroßer Paprika
6 Knoblauchzehen, Kümmel
1/2 kg Zwiebeln
1 TL Paprikagewürz
1 Zweig Thymian
1 Lorbeerblatt, 1 Glas Wein
etwas trockener Malvasier

Leicht

1. Die Hausen über Nacht in Wasser einlegen. Dabei das Einweichwasser zwei- bis dreimal wechseln.

2. Am nächsten Tag das Wasser abgießen und den Fisch gründlich abspülen. Anschließend den Fisch in eine ofenfeste Form legen.

3. Tomaten und Zwiebeln schälen und kleinschneiden. Den Paprika kleinschneiden und alles zusammen mit heißem Öl in der Pfanne anbraten.

4. In einem Mörser den Kümmel, das Paprikagewürz, das Lorbeerblatt, die Petersilie, den Knoblauch, das Salz und den Wein zerreiben und vermengen. Dann den Inhalt des Mörsers in die Pfanne geben und mit dem Fisch anbraten.

5. Um zu prüfen, ob der Fisch gar ist, sticht man mit einer Gabel ein. Wenn er weich ist, ist er fertig.

Hinweis

Wenn die Sauce in der Pfanne zu trocken wird, gibt man etwas heißes Wasser dazu.

Eingelegter Fisch

Chicharros en escabeche
Eingelegte Stöcker

Zutaten (für 4 Personen):
- *1 kg mittelgroße Stöcker*
- *Olivenöl zum Braten*
- *4 Knoblauchzehen*
- *2 Mohrrüben, 1 Stange Lauch*
- *1 Zwiebel, 1 Lorbeerblatt*
- *1 Glas Essig*
- *3 Zweige Thymian, Salz*
- *1 Glas Weißwein*
- *3 schwarze Pfefferkörner*
- *1/2 l Wasser*

Leicht

1. Fisch säubern, mit Salz bestreuen und in Mehl wenden. Öl in eine Pfanne geben und erhitzen und darin die Stöcker braten.

2. Lauch, Knoblauch, Zwiebeln und Mohrrüben kleinschneiden und in einem Topf anbraten. Dann gleich das Lorbeerblatt, den Pfeffer, den Essig, den Thymian, den Weißwein und das Wasser dazugeben. Anschließend 15 Minuten ruhen lassen.

3. Die Marinade über den Fisch gießen und kurz kochen lassen, und schon ist dieses köstliche Gericht fertig.

Anmerkung

Die Bewohner von Santa Cruz de Tenerife haben den Beinamen "Chicharreros", was auf das gehäufte Vorkommen dieser Fischart in der Nähe von Santa Cruz zurückzuführen ist. Der wissenschaftliche Name dieser Art ist *Trachurus trachurus*.

Huevas de pescado fresco rebozadas
Panierte Fischeier von frischen Fischen

Zutaten:
- *0,5 kg Fischeier von frischen Fischen*
- *4 Zweige Petersilie, kleingehackt*
- *2 EL Mehl*
- *4 kleingehackte Knoblauchzehen*
- *1/2 Zitrone*
- *1/2 TL Oregano*
- *Olivenöl zum Braten, 2 Eier*
- *Wasser, Salz*

Leicht

1. Fischeier in Wasser mit Salz und Zitrone kochen. Dann das Wasser abgießen und abkühlen lassen.

2. Anschließend die Fischeier in Scheiben schneiden, und Mehl und in den mit Oregano, Knoblauch und Petersilie verquirlten Eiern wenden.

3. Reichlich Öl in der Pfanne erhitzen und darin die Fischeier anbraten. Man serviert sie am besten mit Pellkartoffeln oder einer guten kanarischen Sauce.

Anmerkung

Im Volksmund heißen diese Fischeier "Kanarischer Kaviar" und man ißt sie getrocknet oder frisch, gekocht oder gesalzen. Sie gehören zu den Lieblingsgerichten der Kanarier.

Tip

Wer gerne verdrückte Fischeier mag, der sollte sie so essen, wie er sie gekauft hat und sie lediglich sehr fein schneiden. Zu dieser Köstlichkeit paßt ein Gläschen Wein oder ein Schluck kanarischer Rum.

Eingelegte Stöcker

Atún fresco embarrado
Frischer Thunfisch mit Sauce

Zutaten:
1 kg Thunfisch, Öl
2 geschälte Knoblauchzehen
1/2 l Essig, Salz
Zutaten für die Sauce:
1/2 TL Paprikagewürz
1/2 TL Kümmel
1 Knolle Knoblauch, alle Zehen geschält, 1 Tasse Öl
1 große getrocknete rote Chilischote, 1 Tasse Essig
1/2 Mokkatasse Wasser
3 Zweige Petersilie, Salz

Anspruchsvoll

1. Thunfisch häuten und filetieren. Anschließend gut waschen und etwa 2 Stunden in leicht gesalzenem Wasser liegen lassen. Danach das Wasser abgießen und den Fisch 15 Minuten in Essig legen.

2. Öl in der Pfanne erhitzen und darin zwei halbierte Knoblauchzehen anbräunen in demselben Öl den Fisch anbraten und anschließend in einen Topf geben und beiseite stellen.

3. Für die Sauce weicht man die aufgeschnittene, entkernte Chilischote 20 min. in heißem Wasser ein. Danach herausnehmen und säubern.

4. In einem Mörser zerreibt man den Pfeffer und den Kümmel. Dann gibt man die Petersilie, die geschälten Knoblauchzehen und das Salz dazu. Wenn alles gut vermischt ist, brät man die Mischung in der Pfanne an, gibt Paprikagewürz dazu und rührt um.

5. Anschließend gibt man das Öl zu der Mischung, verrührt alles und gießt noch den mit Wasser vermischten Essig dazu. Zum Schluß alles in einen Kochtopf geben.

6. Den Inhalt des Topfes erhitzen und zum Kochen bringen. Gleich darauf von der Kochstelle nehmen und auf dem Thunfisch verteilen. Dazu passen Salzkartoffeln oder Pellkartoffeln.

Almejas en salsa canaria
Herzmuscheln in kanarischer Sauce

Zutaten:
1 kg frische Herzmuscheln
5 Knoblauchzehen, 2 EL Milch
1 große Zwiebel
schwarzer Pfeffer, gemahlen
1/2 Mokkatasse Salz zum Einlegen, eine Prise Salz
1 Lorbeerblatt, 2 Safranfäden
1 EL gehackte Mandeln
1 Mokkatasse Öl
6 Zweige Petersilie, Brot

Raffiniert

1. Wenn Sie an der Küste leben und Meerwasser in der Nähe haben, waschen Sie darin die Herzmuscheln. Wenn das nicht möglich ist, waschen Sie sie unter einem kräftigen Strahl kalten Leitungswassers.

2. Die sauberen Muscheln in einen Topf geben und mit Salzwasser bedecken; eine Stunde stehenlassen. Anschließend erneut abspülen und gut abtropfen lassen.

3. Die geschälte und kleingehackte Zwiebel, das Lorbeerblatt und das Öl in einen Kochtopf geben und erhitzen.

4. Wenn die Zwiebeln glasig werden, gibt man die Muscheln, die geschälten und im Mörser zerriebenen Knoblauchzehen, die kleingehackte Petersilie und das Salz dazu. Alles gut umrühren und die Hitze herunterschalten.

5. In einem anderen Gefäß die gehackten Mandeln, das Brot und die Milch vermengen. Diese Mischung gießt man über die Herzmuscheln, schmeckt diese mit Pfeffer ab und nimmt sie von der Kochstelle. Vor dem Servieren zwei Minuten ruhen lassen.

6. Die Herzmuscheln werden in kleinen Tonschälchen serviert.

Calamares rebozados
Panierte Tintenfischringe

Zutaten:

- *1 kg Kalmare*
- *2 Eier*
- *0,2 l Bier*
- *250 g Mehl*
- *2 Knoblauchzehen*
- *4 Zweige Petersilie*
- *1 Tasse Olivenöl*
- *etwas Zitronensaft*

Leicht

1. Den Mantel der Kalmare abziehen und die Tintenfische unter kaltem Wasser abspülen. Anschließend ausnehmen, das Fischbein entfernen und waschen. Dann das Fleisch in Ringe schneiden und abtropfen lassen.

2. In der Zwischenzeit die Eier aufschlagen und den Inhalt in ein Gefäß geben, das Bier dazugießen und gut verquirlen. Nach und nach das Mehl hinzugeben und weiterrühren, bis man einen glatten Teig erhält. Zum Schluß gibt man die kleingehackte Petersilie und den Knoblauch dazu.

3. Wenn die Kalmare trocken sind, legt man die Ringe ca. 15 Minuten in den Teig. Anschließend das Öl in der Pfanne erhitzen und darin die Tintenfischringe anbraten.

4. Nach dem Braten legt man die Tintenfischringe auf saugfähiges Küchenpapier. Wenn das Fett abgetropft ist, legt man sie auf eine Platte.

5. Zum Schluß gießt man etwas Zitronensaft darüber und serviert sie.

Tip

Man kann auch auf einem separaten Teller halbierte oder geviertelte Zitronen auf den Tisch bringen, damit jeder Gast nach Belieben Zitronensaft über die Kalmare gießen kann.

Encebollado de pescado
Fisch mit Zwiebelringen

Zutaten:

- *1 kg Riesenzackenbarsch oder eingesalzener Fisch*
- *6 Knoblauchzehen*
- *1 grüner Paprika*
- *1/2 Tasse Olivenöl*
- *5 Zweige Petersilie, im Mörser zerrieben*
- *4 mittelgroße Zwiebeln*
- *1 TL Oregano*

Anspruchsvoll

1. Den eingesalzenen Fisch über Nacht in Wasser einlegen und mehrmals das Einweichwasser wechseln. Am nächsten Tag die Schuppen entfernen und den Fisch unter reichlich kaltem Wasser abspülen.

2. Reichlich Wasser in einen Topf gießen und den Fisch darin kochen. Wenn die Kochzeit vorbei ist, prüft man durch Einstechen mit einer Gabel, ob der Fisch weich ist. Dann gießt man das Wasser ab, zieht die Haut ab und schneidet den Fisch in Stücke. Die Stücke in eine ofenfeste Form legen.

3. Als nächstes das Öl in der Pfanne erhitzen und darin zwei gehackte Knoblauchzehen, die fein geschnittenen Zwiebelringe und den in Streifen geschnittenen Paprika anbraten. Danach diese Mischung über den Fisch gießen.

4. Inzwischen in einem Mörser den restlichen Knoblauch mit der gehackten Petersilie und dem Oregano zerreiben. Die Mischung auf dem Fisch verteilen und anschließend den Fisch aufs Feuer stellen.

5. Fünf Minuten kochen und von der Kochstelle nehmen. Anschließend auf eine längliche Platte legen und mit Pellkartoffeln als Beilage servieren.

Salpicón de pescado
Fischsalat

Zutaten:
1,5 kg Meerrabe oder Riesenzackenbarsch
1/2 kleiner, grüner Paprika
1/2 kleiner, roter Paprika
6 Zweige Petersilie
2 Zwiebeln
2 Zweige Koriander
4 Tomaten, 2 hartgekochte Eier
2 EL Essig
4 Knoblauchzehen, Salz
1/2 Mokkatasse Öl

Für Gäste

1. Fisch entschuppen und unter kaltem Wasser abspülen. In einen Topf mit genügend Wasser geben und bei mittlerer Hitze kochen. Nach 10 bis 12 Minuten von der Kochstelle nehmen und das Wasser abgießen.

2. Wenn der Fisch abgekühlt ist, entfernt man Haut und Gräten schneidet ihn in Stücke. Die Petersilie, der Koriander und der Knoblauch werden ebenfalls kleingeschnitten. Danach alles kurz in der Pfanne anbraten.

3. Die hartgekochten Eier kleinschneiden, über den Fisch geben und umrühren.

4. Nun verrührt man den Essig, das Öl und das Salz und gibt die Sauce zu dem angebratenen Gemüse.

5. Zum Schluß mit einem Salatbesteck alles gut vermengen.

Tip

Der Fischsalat sieht besonders gut aus, wenn man ihn in einer länglichen Glasschale serviert und mit kleingeschnittenen Oliven und einem hartgekochtem Ei garniert.

Vieja sancochada
Gekochter Papageienfisch

Zutaten:
1 frischer Papageienfisch von 1 kg
1/2 kg Kartoffeln, 2 l Wasser
3 Zweige Koriander, Salz
3 Zweige Petersilie
1 mittelgroße Zwiebel
1 mittelgroße Tomate

Leicht

1. Fisch ausnehmen und Kiemen entfernen, aber nicht die Schuppen. Innen leicht salzen und auf eine längliche Platte legen.

2. Wasser in einen Topf gießen und eine entkernte und kleingeschnittene aber ungehäutete Tomate, die geschälten und gewaschenen Kartoffeln, die geviertelte Zwiebel, die Petersilie, den Koriander und das Salz dazugeben.

3. Alles zusammen kochen, bis es gar ist. Kurz vorher gibt man den Papageienfisch dazu und läßt ihn mitkochen.

4. Wenn alles gar ist, nimmt man den Topf von der Kochstelle und legt den Fisch auf eine Platte, um die Schuppen zu entfernen. Die Kartoffeln legt man auf eine andere Platte.

5. Etwas Essig und Öl über den Fisch gießen und servieren.

Tip

Die Kochbrühe dieses Gerichts kann man für die Zubereitung von Gofio verwenden, dem man zusätzlich eine zerdrückte, gekochte Kartoffel beigibt. Man kann die Brühe aber auch als Consommé verwenden oder für eine Suppe.

Fischsalat ›

Ropa vieja
"Alte Kleider"

Zutaten (für 4 Personen):
1/4 kg Siedfleisch
1 kg Kartoffeln
Olivenöl
2 gekochte Mohrrüben (aus dem Eintopf)
1/2 kg gekochte Kicherebsen (aus dem Eintopf)
1 mittelgroße Zwiebel
4 Knoblauchzehen
1 kleiner Paprika
1/2 TL Paprikagewürz
Thymian, Lorbeerblätter
3 reife Tomaten
kleingehackte Petersilie, Salz

Leicht

1. Das Fleisch und die Mohrrüben in kleine Würfel schneiden und ebenso wie die Kichererbsen beiseite stellen.

2. Kartoffeln schälen und waschen, in kleine Würfel schneiden und ebenfalls beiseite stellen.

3. In einer flachen Form Öl erhitzen und darin den Paprika, die Zwiebel und zwei Knoblauchzehen - alles kleingeschnitten - anbraten.

4. Anschließend gibt man das Paprikagewürz, die Petersilie und die entkernten, geschälten und kleingeschnittenen Tomaten in die Pfanne. Kurz darauf gibt man den Thymian und ein paar Lorbeerblätter dazu. Zum Schluß brät man auch die Kartoffeln ein wenig an.

5. Öl in der Pfanne erhitzen und darin die beiden restlichen Knoblauchzehen anbraten. Wenn sie goldbraun sind, gibt man die Kichererbsen dazu. Wenn diese auch angebraten sind, gibt man den Pfanneninhalt zu den restlichen Zutaten in den Topf.

6. Das Fleisch separat braten, salzen und die Mohrrüben dazugeben. Anschließend in den Kochtopf zu den übrigen Zutaten geben und einen Moment mitkochen. Dann den Topf von der Kochstelle nehmen und servieren.

Papas arrugadas tradicionales
Pellkartoffeln ("Faltige Kartoffeln")

Zutaten:
2 kg "schwarze" Kartoffeln aus Teneriffa
1 Tasse Salz, Wasser

Leicht

1. Die Kartoffeln sollten klein sein und müssen gründlich gewaschen werden. Danach gibt man sie ungeschält in einen Topf.

2. Reichlich Wasser dazugeben, so daß das Wasser ca. 5-6 cm über den Kartoffeln steht, und salzen. Wasser zum Kochen bringen und dann die Hitze zurückschalten, mit einem Geschirrtuch bedecken und den Deckel darauflegen.

3. Wenn die Kartoffeln weich sind, das Wasser abgießen und die Kartoffeln im Topf hin und her schwenken, bis sie trocknen und die Haut faltig wird. Anschließend den Topf vom Herd nehmen, mit dem Geschirrtuch bedecken und einen Moment stehenlassen.

4. Damit die Kartoffeln nicht kalt werden, nimmt man sie nach Bedarf einzeln aus dem Topf. Dazu paßt jede der vielen kanarischen Saucen.

Hinweis

Dieses Rezept stammt von der Insel Teneriffa. Die sog. "schwarzen Kartoffeln" haben eine dunkle Schale und sind innen gelb. Sie eignen sich am besten für Pellkartoffeln.

"Alte Kleider"

Arroz a lo grancanario

Reis auf grancanarische Art

Zutaten:
125 g Strandschnecken
1 roter Paprika, in Streifen geschnitten
125 g Rindfleisch, sauber und in Stücke geschnitten
250 g Kaninchenfleisch, in Stücke geschnitten
125 g Rebhuhnfleisch
250 g Schweinefleisch, sauber und in Stücke geschnitten
100 g Jamón Serrano (luftgetrockneter Schinken), kleingeschnitten
125 g Taubenfleisch, in Stücke geschnitten
250 g geschälte und entkernte Tomaten
1 l frisch gekochte Brühe
1/2 Zwiebel, kleingehackt
1 Tasse Olivenöl
1/2 kg Rundkornreis
3 Knoblauchzehen
1/2 TL Paprikagewürz
1 Lorbeerzweig, etwas Thymian
2 Zweige gehackte Petersilie
etwas gemahlener Safran
1 zerriebene Gewürznelke
125 g Prinzeßbohnen, in der Mitte durchgebrochen

Anspruchsvoll

1. Die Strandschnecken, die auf den Kanarischen Inseln "burgados" heißen, werden eine Stunde lang in kochendem Wasser gegart. Danach das Schneckenfleisch mit einer Nadel aus der Schale herauslösen und auf eine kleine Porzellanplatte legen.

2. Die Hälfte des Öls in einem flachen Topf erhitzen und darin die Paprika, die Zwiebeln, den Knoblauch und die Tomaten anbraten.

3. Alle Fleischsorten zusammen in einer Pfanne anbraten. Anschließend gibt man das Fleisch zusammen mit dem Schinken und den Lorbeerblättern in einen anderen Topf. Wenn das Fleisch gut angebraten ist, gießt man die Brühe dazu und läßt es weiterkochen, bis es etwa halb gar ist.

4. In dem übrigen Öl brät man nun in einer anderen Pfanne den restlichen Knoblauch und anschließend den Reis an. Danach gibt man alles in einen Topf zu dem Fleisch und den Prinzeßbohnen. Die Hitze zunächst groß einstellen, dann zurückschalten und die Schnecken, die Petersilie, die Gewürznelke, den Safran und das Paprikagewürz dazugeben.

5. Alles zusammen weitere 12 Minuten kochen und anschließend 5 Minuten ruhen lassen, damit der Reis schön weich wird. Im Kochtopf servieren.

Cabrito (baifo) en aliño

Eingelegter Ziegenbock

Zutaten (für 8 Personen):
2 kg Ziegenbockfleisch (der Ziegenbock sollte weniger als 20 Tage alt sein)
1 Tasse Olivenöl
2 Knollen Knoblauch, alle Zehen geschält und im Mörser zerrieben
1 Tasse Essig
1 EL feingehackter Oregano
1 entkernte rote Paprikaschote
2 Lorbeerblätter
1 Glas Weißwein
1 Bund Thymian
1 EL grobkörniges Salz, im Mörser zerrieben

Raffiniert

1. Das Ziegenbockfleisch kleinschneiden, in einen Topf geben und beiseite stellen.

2. Inzwischen in einem Mörser den Knoblauch, die Paprikaschote, den Oregano, etwas Salz, den Thymian, das Öl, den Essig, die Lorbeerblätter und den Wein zerreiben und vermengen.

3. Diese Marinade gießt man nun über das Fleisch und läßt es 24 Stunden darin liegen.

4. Dann nimmt man die Fleischstücke aus der Flüssigkeit heraus und brät sie in der Pfanne an. Die Flüssigkeit wird inzwischen gekocht und dann heiß wieder über das angebratene Fleisch gegossen.

5. Wenn das Fleisch gar ist, serviert man es zusammen mit Salzkartoffeln oder Pellkartoffeln.

Tip

Statt Ziegenbockfleisch können Sie für dieses Rezept auch Schweinefleisch verwenden.

Cabrito (baifo) a la canaria

Ziegenbock auf kanarische Art

Zutaten (für 10 Personen):

1 Ziegenbock von 4-5 kg
2 rote Paprika
etwas Thymian
1 Tasse Weißwein
2 Tassen Olivenöl
1 Lorbeerblatt
2 Gewürznelken
1 l Wasser
1 Knolle Knoblauch
Salz

Für Gäste

1. Den Ziegenbock zerlegen, das Fleisch unter kaltem Wasser abspülen, kurz in der Pfanne anbraten und beiseite stellen. Ein Stück Leber in der Pfanne lassen und noch etwas länger braten.

2. Knoblauch anbraten und mit dem Bratöl in den Topf mit dem Fleisch geben. Den Paprika, den Thymian, die Gewürznelken, das Lorbeerblatt und den Weißwein ebenfalls dazugeben und andünsten.

3. Anschließend das nötige Wasser zugeben und weiterkochen lassen, bis das Fleisch weich ist.

4. Danach den Topf von der Kochstelle nehmen und mit der zerdrückten Leber und Salzkartoffeln oder Pellkartoffeln als Beilage servieren.

Hinweis

Ziegenbockfleisch (span. "cabrito") heißt auf den Kanarischen Inseln "baifo".

Huevos moles
Eierspeise

Zutaten:
reichlich 1 EL Wasser
8 Eigelbe
Für den Sirup:
200 g Zucker
1 Glas Wasser
1 Scheibe Zitrone
1/2 Stange Zimt

Schwierig

1. Die Eigelbe in eine Cromargan- oder Glasschüssel geben, im Wasserbad erhitzen und zu einer gleichmäßigen, konsistenten Masse verrühren.

2. Für den Sirup gießt man das Glas Wasser mit dem Zucker in einen hohen Topf. Dazu gibt man die Zitronenscheibe und die halbe Zimtstange.

3. Diese Mischung kochen. Um zu prüfen, ob der Sirup lange genug gekocht hat, gibt man ein paar Tropfen auf den Finger und zieht den Sirup zwischen Daumen und Zeigefinger etwa 1 bis 2 cm auseinander. Wenn der so geformte Faden beim Auseinanderziehen getrennt wird, ist der Sirup fertig.

4. Nun gießt man den Sirup unter weiterem Rühren über die verquirlten Eigelbe.

5. Die Eierspeise wird heiß in Portionsschälchen serviert.

Queso de higos pasados
Feigenkäse

Zutaten:
1 kg schwarze, getrocknete Feigen
250 g Walnüsse
1/2 kg Mandeln
150 g Mehl
1 gemahlene Gewürznelke

Anspruchsvoll

1. Spitze und Stielansatz der Feigen abschneiden und zusammen mit den Nüssen und den Mandeln zerrieben.

2. Das Gewürznelkenpulver über die Feigen streuen, alles gut durchkneten und in einen Messingring drücken, der dem Käse Form geben soll.

3. Nun die Ober- und Unterseite des Feigenkäse mit Mehl bestäuben, das Mehl andrücken und den Käse acht Tage liegen lassen. Danach aus der Form herausnehmen.

4. Der ganze Käse wird nun noch einmal in Mehl gewendet. Nun ist er fertig zum Verzehr.

Hinweis

Dieses köstliche Dessert war schon immer die Lieblingsnachspeise der Kanarier, die nach Südamerika emigrierten. Heute verwendet man auf den Kanarischen Inseln statt des Messingrings meist einen Palmzopf, dessen Enden zusammengezogen werden, um den Käse in Form zu pressen.

Feigenkäse

Bollos de millo
Maisplätzchen

Zutaten:
200 g Mehl
300 g Butter
400 g Maismehl
200 g Zucker
Saft und abgeriebene Schale von einer Zitrone
8 Eigelbe
1 Eiweiß

Leicht

1. Alle Zutaten in eine große Schüssel geben und zu einem gleichmäßigen Teig verkneten.

2 Die Hände mit Butter bestreichen und den Teig zu Plätzchen formen.

3 Anschließend die Plätzchen auf ein gefettetes Backblech legen und im vorgeheizten Backofen bei mittlerer Temperatur backen.

4 Wenn sie goldbraun sind, nimmt man die Plätzchen aus dem Ofen und läßt sie abkühlen.

Hinweis

Urkunden belegen, daß der Mais (span. "maíz") auf den Kanarischen Inseln schon immer "millo" (mihljo) hieß. Dieses Getreide wurde aus Südamerika eingeführt und ist seither ein fester Bestandteil der kanarischen Ernährung, wie die vielen Rezepte mit Mais zeigen. Selbst das bekannte Popcorn hat hier einen eigenen Namen, man nennt es "Cochafisco".

Bienmesabe
Leckerli

Zutaten:
500 g Mandeln
0,5 l Wasser
1 abgeriebene Zitronenschale
750 g Zucker
8 Eigelbe
gemahlener Zimt

Raffiniert

1. Als erstes werden die Mandeln geschält und in einem Mörser zerrieben. Dann das Wasser und den Zucker vermischen und einen Sirup herstellen.

2. In den fertigen Sirup gibt man nun die Mandeln, den Zimt, die abgeriebene Zitronenschale und rührt die Mischung bei kleiner Hitze ständig um, bis sie fest wird.

3. Wenn sie dick wird, nimmt man den Topf von der Kochstelle und läßt die Masse abkühlen. Nun gibt man die verquirlten Eigelbe dazu und bringt die Masse noch einmal zum Kochen.

4. Nach dem Aufkochen nimmt man den Topf wieder vom Feuer und läßt das Dessert abkühlen.

Hinweis

Manchmal verwendet man statt roher Mandeln auch bereits geschälte oder geröstete Mandeln.

Anmerkung

Diese Nachspeise ist sehr typisch in ganz Spanien und wird in den verschiedenen Regionen auf unterschiedliche Weise zubereitet. Die Zutaten - Mandeln, Sirup und Eigelb - sind jedoch immer die gleichen.

Maisplätzchen

Mazapán de las medianías
Marzipan

Zutaten:
1 kg Zucker
2 abgeriebene Zitronenschalen
1 Gläschen Anislikör
1 kg Mandeln, 5 Eier

Anspruchsvoll

1. Die braune Haut von den Mandeln abziehen, nachdem man sie einige Minuten in Wasser gekocht hat. Wenn sie trocken sind, werden sie gemahlen.

2. Zu den gemahlenen Mandeln gibt man 3/4 der angegebenen Zuckermenge und mahlt die Mischung noch einmal durch. Diese Masse füllt man in ein Gefäß und gibt 4 Eigelb und ein Eiweiß dazu.

3. Nun die Mischung durchkneten, dann den Anislikör und die abgeriebene Zitronenschale dazugeben und erneut durchkneten.

4. Anschließend einen Bogen Backpapier und einen Messingring einfetten und den Teig in den auf dem Papier liegenden Messingring drücken.

5. Im vorgeheizten Backofen bei mittlerer Temperatur backen und herausnehmen, ehe das Marzipan braun wird. Die restlichen 250 g Zucker mit Wasser vermischt erhitzen. Wenn die Masse glänzend wird, nimmt man sie vom Feuer und bestreicht damit das Marzipan, um ihm Glanz zu verleihen.

Tip

Damit der Sirup schön glänzend ist, muß man ihn zum richtigen Zeitpunkt von der Kochstelle nehmen. Den richtigen Moment findet man durch die Sirupprobe heraus: Man gibt etwas Sirup in kaltes Wasser. Wenn dieser sich zu einer Kugel formt, ist der richtige Moment erreicht und man muß ihn nur noch mit einem Schneebesen schlagen, bis er weiß wird.

Arroz con leche
Milchreis

Zutaten:
1,5 l Milch
100 g Rundkornreis
Schale einer halben Zitrone
100 g Zucker
etwas Zimt

Leicht

1. Reis waschen und kochen. Dann das Wasser abgießen, den Reis in die Milch einrühren und drei Stunden quellen lassen.

2. Wenn der Reis die Milch gut aufgesogen hat, stellt man den Topf auf den Herd und kocht den Milchreis unter ständigem Rühren bei schwacher Hitze, bis er dick wird.

3. Dann unter weiterem Rühren die Zitronenschale, den Zucker und den Zimt dazugeben.

4. Ein paar Minuten weiterkochen lassen und den Topf vom Feuer nehmen, wenn der Milchreis richtig dick ist.

5. In eine hohe Schüssel füllen, abkühlen lassen und servieren.

Hinweis

Statt in einer großen Schüssel kann man den Reis auch in Portionsschälchen servieren.

Tip

Zum Milchreis stellt man am besten die Zuckerdose auf den Tisch, damit jeder Gast nach Geschmack nachsüßen kann.

Marzipanplätzchen

Ensalada de frutas de Canarias
Kanarischer Obstsalat

Zutaten:
1/2 Ananas, am besten von der Insel Hierro
1 mittelgroße Papaya
3 Bananen
1 Apfel
1 mittelgroße Avocado
2 Orangen
Saft von 2 Zitronen
1 EL Zucker

Leicht

1. Obst schälen und ggf. entkernen. Dann alle Früchte in kleine Würfel schneiden und in eine Schale geben.

2. Zitronensaft über das vermischte Obst gießen, zuckern und kaltstellen.

3. Kalt in Portionsschälchen servieren.

Tip

Damit das Obst nicht oxidiert und braun wird, gibt man am besten reichlich Zitronensaft dazu.

Suspiros palmeros

Mandelbaisers

Zutaten:

150 g Mandeln

Butter für das Backblech

350 g Zucker

Mehl zum Einstäuben

6 Eiweiße

Anspruchsvoll

1. Mandeln kurz kochen lassen und die Haut abziehen, anschließend im Ofen trocknen und kleinhacken.

2. Eiweiß und Zucker zu Eischnee schlagen.

3. Die gemahlenen Mandeln zum Eischnee geben und vorsichtig verrühren.

4. Die Merengue zu kleinen Plätzchen formen und auf ein mit Butter eingefettetes und mit Mehl eingestäubtes Backblech legen.

5. Im vorgeheizten Backofen bei niedriger Temperatur goldbraun werden lassen. Als Nachtisch oder zum Nachmittagskaffee servieren.

Mazapanes herreños

Marzipantörtchen nach Art der Insel Hierro

Zutaten:

abgeriebene Schale von 2 Zitronen

Blätterteigoblaten

1 kg Zucker

Puderzucker

1 kg Mandeln

gemahlener Zimt

Anspruchsvoll

1. Mandeln in kochendes Wasser geben, einige Minuten kochen lassen und herausnehmen.

2. Mandeln mit Zucker vermischen und mahlen. Zu der so gewonnenen Masse gibt man die abgeriebene Zitronenschale. Danach formt man daraus die Marzipantörtchen.

3. Dazu formt man mit den Händen Törtchen von 6 bis 8 cm Durchmesser und 1 cm Höhe. Diese Törtchen legt man auf etwa gleich große und halb so dicke Blätterteigoblaten und verbindet sie mit diesen durch Druck mit den Händen.

4. Nun die Marzipantörtchen auf ein Backblech legen und gemahlenen Zimt und Puderzucker darüberstäuben. Im vorgeheizten Backofen bei mittlerer Temperatur backen, bis sie leicht braun werden.

Hinweis

Diese Marzipantörtchen sind wesentlich einfacher zuzubereiten und leichter in Konsistenz und Geschmack als andere Marzipanrezepte. Andere Marzipanzubereitungen sind meist durch die Zugabe von Eiern und Anis kompakter und kräftiger.

Licor de guindilla

Sauerkirschlikör

Zutaten:

10 l kubanischer Rum (40%)

3 l Wasser

6 kg reife kanarische Sauerkirschen

5 kg Zucker

1/2 Zimtstange

Für Gäste

1. Stiele von den Sauerkirschen entfernen, waschen und zusammen mit dem Rum in eine große Glaskaraffe füllen.

2. Zucker in Wasser auflösen und Zimt dazugeben.

3. Zuckerwasser mit dem Zimt in die Karaffe füllen und ein Jahr durchziehen lassen.

Hinweis

Manche Leute geben schwarzen Pfeffer oder Gewürznelken zum Likör. Der Geschmack der Sauerkirschen bleibt jedoch unverfälscht erhalten, wenn Sie nur die angegebenen Zutaten verwenden.

Anmerkung

Der Sauerkirschlikör ist eine Spezialität aus San Bartolomé de Tirajana (Gran Canaria).

Marzipantörtchen nach Art der Insel Hierro

Kanarischer Käse

Käse kommt auf den Kanarischen Inseln meist aus häuslicher Produktion und aus Kleinbetrieben. Das liegt daran, daß die Schäferei, die schon zur Zeit der Ureinwohner existierte, sich nur ganz allmählich modernisiert hat und auch die früher benutzten Höhlen erst spät durch Ställe ersetzt wurden. Dies hat sich jedoch nicht nachteilig ausgewirkt, sondern ganz im Gegenteil dazu beigetragen, daß die handwerklichen Herstellungsprozesse bis ins letzte Detail optimiert wurden. Dank dieser Techniken und der guten Milchqualität kann der Reifungsprozeß des Käses genau gesteuert werden. Dadurch erhält er sein charakteristisches Aroma und seinen besonderen Geschmack. Die Käseherstellung erfordert Fleiß und Wissen, eine Kombination von Tradition und Technik, die die Verwendung verschiedener Milchsorten und damit die exakte Bestimmung des Kasein- und Fettgehalts ermöglichen.
Bei der Gerinnung der Milch durch Säuerung macht man sich das Lab zunutze, das manche Wiederkäuer produzieren, und manchmal werden sogar Pflanzen zugesetzt, um einen bestimmten Härte- oder Weichheitsgrad des Bruchs oder Käseteigs zu erreichen. Die im Bruch enthaltene Molke wird herausgepreßt. Dazu verwendet man einen Metallring oder einen Zopf aus Palmblättern. Anschließend wird der Käse gesalzen, um die Haltbarkeit zu erhöhen, aber auch, um den Geschmack zu verbessern und den vollständigen Austritt der Molke sicherzustellen. Schließlich reift der Käse unter besonderen Lagerbedingungen. Die Fermentierung des Kaseins durch die Tätigkeit von Bakterien und bestimmten Mikroorganismen verleihen ihm schließlich seine besonderen Eigenschaften. Jeder Käse birgt in sich eine Vielfalt an Geschmacksnuancen, Aromen und Texturen, die ihm seinen einzigartigen Charakter verleihen und seine Herkunft verraten.

Queso de flor (Florkäse)
Dieser Käse wird auf Gran Canaria hergestellt und ist ein Mischkäse aus drei Vierteln Kuh- und einem Viertel Schafsmilch. Zur Gerinnung wird die Blüte einer Gemüseartischocke (*Cynasa scolimus*) dazugegeben. Dieser kompakte Käse ist cremig und hellgelb. Ein feiner Streichkäse.

Queso palmero (Käse aus La Palma)
Dieser Käse wird aus Ziegen- und Schafsmilch hergestellt. Sein feiner, appetitlicher Anblick fordert zum Probieren auf.

Queso lanzaroteño (Käse aus Lanzarote)
Reiner Ziegenkäse, weiß, kompakt, mit einigen Löchern. Feine Rinde, sauer und kräftig im Geschmack.

Queso majorero
Mischkäse aus Schafsmilch und etwas Ziegenmilch aus Fuerteventura. Er hat eine weiße Rinde aus Paprika, Öl und Gofio. Leicht pikant, mit intensivem Aroma und cremiger Konsistenz.

Queso tinerfeño (Käse aus Teneriffa)
Mischkäse aus Kuh-, Ziegen- und Schafsmilch zu gleichen Teilen. Mild im Geschmack, weiß mit einigen Löchern. Exquisiter Geschmack.

Queso de Gomera (Käse aus Gomera)
Wird aus Ziegenmilch und etwas Schafsmilch hergestellt. Kompakt und schnittfest. Im reifen Zustand sieht er fettig aus und die Rinde ist gelbgrau. Leicht pikant und kräftig im Geschmack.

Kanarische Käse

REGISTER

Fotos:
Francisco Rivero García; außer:
Paolo Tiengo (Titelfoto, hintere Umschlagseite und Seiten 1, 2-3, 4, 5, 6, 7, 9, 11 und 13.
Oliviero Daidola: Seite 8.

Lektorat:
Ángeles Llamazares
Layout:
Jorge Garrán Marey
Umschlaggestaltung:
Francisco Morais
Texts:
Eugenio O. Álvarez Á.
Übersetzung:
EURO:TEXT, S.L. (Valladolid)

Die Reproduktion dieses Buches, als Ganzes oder auszugsweise, die informationstechnische Bearbeitung sowie jegliche Übertragung, gleich mit welchen Medium, sei es elektronisch, mechanisch oder als Fotokopie, mittels Register oder durch andere Verfahren, ohne die vorherige schriftliche Genehmigung der Inhaber des Copyrights, ist untersagt.
Alle Rechte vorbehalten, einschließlich des Rechts auf Verkauf, Vermietung, Verleih oder jegliche andere Form der Überlassung des Buches.

2 AUSGABE

© EDITORIAL EVEREST, S. A.
Carretera León-La Coruña km 5 - LEÓ
ISBN: 84-241-2607-6
Legal deposit: LE: 207 - 2002
Printed in Spain

EDITORIAL EVERGRÁFICAS, S. L.
Carretera León-La Coruña km 5
LEÓN (SPANIEN)